U0090861

古典文學研究輯刊

九　編

曾永義 主編

第13冊

六朝小說變形觀之探究

康韻梅 著

國家圖書館出版品預行編目資料

六朝小說變形觀之探究／康韻梅 著 — 初版 — 新北市：花木蘭文化出版社，2014〔民 103〕

目 2+130 面；19×26 公分

（古典文學研究輯刊　九編；第 13 冊）

ISBN：978-986-322-545-4（精裝）

1. 六朝小說 2. 志怪 3. 文學評論

820.8　　103000755

古典文學研究輯刊

九　編　第十三冊　　ISBN：978-986-322-545-4

六朝小說變形觀之探究

作　　者　康韻梅

主　　編　曾永義

總 編 輯　杜潔祥

副總編輯　楊嘉樂

編　　輯　許郁翎

出　　版　花木蘭文化出版社

社　　長　高小娟

聯絡地址　235 新北市中和區中安街七二號十三樓

電話：02-2923-1455／傳眞：02-2923-1452

網　　址　http://www.huamulan.tw 信箱 hml 810518@gmail.com

印　　刷　普羅文化出版廣告事業

初　　版　2014 年 3 月

定　　價　九編 27 冊（精裝）新台幣 48,000 元

六朝小說變形觀之探究

康韻梅　著

作者簡介

康韻梅，臺灣大學中國文學研究所博士。現為臺灣大學中國文學系教授，研究領域主要為中國古典小說，近年的研究側重在唐代小說與其他時代小說的承衍關係及其敘述特色、唐代小說與唐代其他文類的交涉、唐代小說中的文化書寫、中國奇書體經典小說（《三國演義》、《水滸傳》、《西遊記》）的形成與轉化等方面。著有《六朝小說變形觀之探究》，《中國古代死亡觀之探究》、《古典文學與性別研究》（合著）、《歷代短篇小說選注》（宋元明話本卷）、《唐代小說承衍的敘事研究》，以及與研究領域相關的學術論文數十篇。

提　　要

本書旨在探究六朝小說中的變形敘事及其所蘊含的變形觀念，期能將變形的研究由神話拓展至小說的領域，以突顯六朝小說的神異題材，並藉由六朝小說敘事文本所蘊含的變形觀念，釐析六朝小說的思想和宗教背景。根據本書探討的結果，顯示六朝小說文本中的變形敘事及其變形觀念，展現了豐富的意涵，或基於人類神話心理的塑造，或出於形上的氣化思想之銓解，或與神仙信仰和因果觀念密切相關，因而得知六朝小說文本中的變形具有逃避死亡、表現神異、追求自由、希冀長生、以及懲罰等意義。其中除了神話心理的遺留外，皆為當代思想和宗教的反映，並十分顯著地流露出以人為本的進化觀，而與先秦文學的變形觀有所差異。從此也可看出六朝時人對生命、宇宙的觀點，而鑑知六朝小說文本中的變形實具有思想上的深刻性。此外，由此一議題的探究，亦可理解當時的宗教、思想如何作用於小說文本，體現出人類文化中大、小傳統相互依存和交流之實。

本書原為撰者之碩士論文，寫於 1987 年，復於 1988 年大幅修訂，今據修訂本稍作增補修正出版，並未廣集 1988 年之後相關研究的學術成果，雖不免有憾，然仍具保存當時研究樣態之意義。

目次

第一章　緒　論

本章主在陳述研究動機、方法和範圍，以及變形的定義。

第一節　研究動機、方法和範圍

一、研究動機

本書的寫作動機可以分為兩點，第一點是就六朝小說而言，首先希望藉由一種六朝小說中的神異情節，來說明六朝小說在中國小說史的價值主要在其神異題材的呈現，並試圖更清楚地釐清六朝小說的思想背景。第二點是有關變形的研究多偏重在神話的範圍，而本書欲將變形的研究，拓展至小說的領域。

（一）就六朝小說本身而言

1. 探究六朝小說的題材

六朝小說可說是中國小說的初始發展階段，這些出現於漢末到隋末四百多年間，〔註1〕無法歸於詩、散文而具有故事性的作品，正為中國小說初創的雛形，其筆記的形製和神異的內容都給予後世小說深遠的影響，鄭振鐸曾為中國小說的分類及其演化趨勢列了一個表。〔註2〕

〔註1〕六朝之名本指建都建康的吳、東晉、宋、齊、梁、陳。從時代上而言，則代表漢末到隋末，即漢獻帝建安元年至隋煬帝大業十三年（196～617）。

〔註2〕鄭振鐸，《中國文學中的小說傳統》（臺北：木鐸出版社，1983年），頁32。

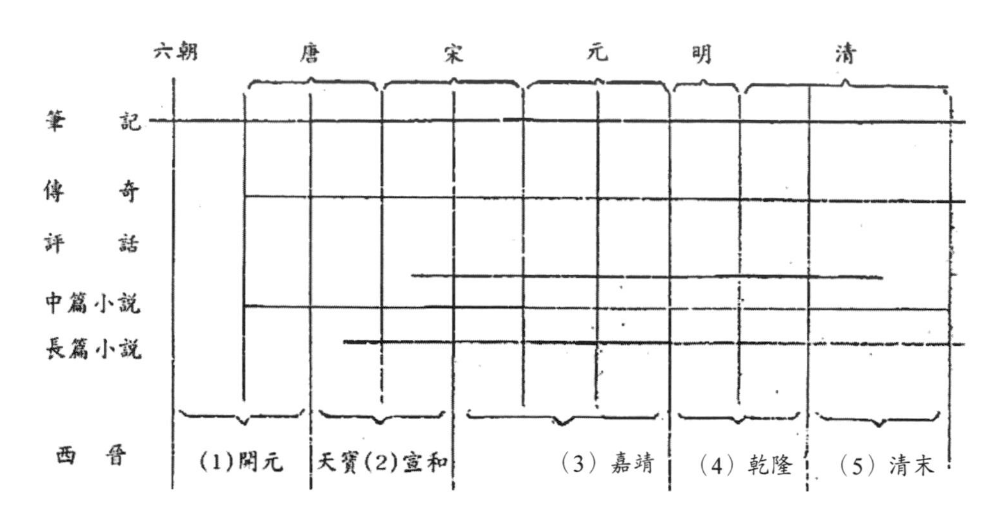

由表可知六朝筆記小說一直留存在中國的小說史上，未因時代的變遷而中斷，而其內容題材必隨之留傳。而為六朝小說主要內容的神異題材，同時也出現在後世其他類型的小說之中，如傳奇、話本和章回小說，尤其傳奇由六朝的小說脫胎而來，〔註3〕更是含有大量的神異故事，由其名為「傳奇」便可得知其內容。故張火慶先生認為非理性的神怪與靈異為中國傳統小說的直接起源，也是大部份中國小說作品所描述的主題。〔註4〕

從前述的現象和觀點來思考，研究六朝小說的神異題材，就小說史而言，便成為有意義的事。

而六朝小說的神異題材繁眾，若能就某一常出現後世小說的神異情節而論，非但能深入地將其之於六朝小說的意義和作用作一討論，亦能掌握後世小說之所以承用的因由。

檢視中國小說中常見的神怪與靈異現象，又以變易形體情節為主，非但是志怪小說，亦包括後世的小說，如中野美代子所說：「在中國文學史上也有無數關於化身的故事。自從漢魏六朝時代所謂妖怪小說，一直到明朝瞿佑的《翦燈新話》以及清朝蒲松齡的《聊齋志異》等，都是化身怪談小說的代表作。」〔註5〕而唐傳奇中的妖精，《西遊記》孫悟空的七十二變，以至《紅樓

〔註3〕同註2，頁19。

〔註4〕張火慶，〈從自我的抒解到人間的關懷〉，《中國文化新論文學篇（二）——意象的流變》（臺北：聯經出版事業公司，1981年），頁481。張先生的論述對象主要是唐傳奇，事實上他所論述的觀點，可以運用在六朝小說之上。

〔註5〕見氏著，劉禾山譯，《從中國小說看中國人的思考方式》（臺北：成文出版社，1977年），頁47。

夢》中以頑石、絳珠草為寶玉、黛玉的前身，雖然其應用的效果和意義不同，基本上都是變形，故可把六朝小說中神異題材的焦點置於變形。事實上，在金榮華先生《六朝志怪小說情節單元索引》中已談到變形可列為一情節單元，〔註6〕而值得注意的是作為六朝小說源頭的先秦神話和寓言，亦有變形的記述，尤其變形的現象遍見於神話之中，適為神話的律則。〔註7〕由此亦更可理解張火慶先生所言神怪與靈異為中國小說起源之一端的意涵。

據上推述，以六朝小說的變形為基點，是可見其上承神話，下啓後世小說的脈絡的。

2. 釐清六朝小說的思想背景

六朝小說中的神異題材大量出現的原因何在呢？文學為思想的反映，六朝小說亦不例外，如劉大杰先生所謂：「魏晉時代的神仙鬼怪小說，充分地表現了當代流行的神祕思想與宗教迷信。」〔註8〕可見六朝小說的思想背景為形成其特色的最主要因素。胡應麟曾言：「魏晉好長生，故多靈變之說，齊梁弘釋典，故多因果之譚」。〔註9〕魯迅亦曾為六朝小說出現神怪的背景，陳其梗概：

> 中國本信巫，秦漢以來，神仙之說盛行，漢末又大暢巫風，而鬼道愈熾；會小乘佛教亦入中土，漸見流傳。凡此，皆張皇鬼神，稱道靈異，故自晉訖隋，特多鬼神志怪之書。〔註10〕

歸納其要點，即六朝志怪的產生與中國本土的巫鬼信仰、神仙思想和傳入中土的佛教最為相關。而嚴懋垣亦以思想背景為基，將六朝小說分為受陰陽五行思想、道教思想、佛教思想影響之三類。〔註11〕可見各家論及六朝小說的思想背景時，殆不出原始宗教、陰陽五行思想、神仙道教之說和佛教信仰的範圍。

〔註6〕見金榮華，《六朝志怪小說情節單元索引甲編》（臺北：中國文化大學，1984年），頁51～54。

〔註7〕德國哲學家卡西勒（Ernst Cassirer，1874～1945），在其《論人》（The Essay On Man）中，提出此觀點。見卡西勒著，劉述先譯，《論人》（臺北：文星書店，1959年），頁93。

〔註8〕劉大杰，《中國文學發達史》（臺北：臺灣中華書局，1964年），頁179。

〔註9〕胡應麟，《少室山房筆叢》，《文淵閣四庫全書》（臺北：臺灣商務印書館，1983年），第886冊，卷13，〈九流緒論下〉，頁305。

〔註10〕魯迅，《中國小說史略》，輯入《魯迅小說史論文集》（臺北：里仁書局，2003年），頁35。

〔註11〕嚴懋垣，〈魏晉南北朝志怪小說書錄附考證〉，《文學年報》第6期，1940年，頁319～346。

這些多爲扼要的陳述和分類，至於如何釐清思想的影響與作品的呈現之關係，卻是另一重要問題，關於這方面的研究，王國良先生有更詳盡的分析，逐一地將六朝志怪小說的內容分類，以呈現其內容與背景因素的關係。〔註 12〕然其較側重小說的內容，即較能顯現出作品呈現的問題。李豐楙先生則注意到道教思想與六朝小說的關係，且作了完備的考索。〔註 13〕但其較側重道家思想。是故更進一步去梳清六朝小說的思想理路，便成爲亟待進行的工作。而以同一的情節單元，所反映出的不同觀點，進而去探索其背後的思想背景因素，勢必更可了然確切的影響，使得前述之說，有更具力量的依據。

基於變形遍在於中國小說的事實，便可將六朝小說所顯現的變形觀，作一詳細的探索，而此變形就極似柯慶明先生所謂初始的文學觀念，可以再加以探討，重予分析而釐定其所代表意涵，〔註 14〕並因之而尋索出六朝小說的變形觀受到思想之影響。

基於明鑑六朝神異題材於小說史承上啓下之關鍵地位，和欲以確切了解影響六朝小說的思想背景，爲本書寫作動機之一。

（二）就有關變形的研究情形而言

前人研究變形的文章多側重於先秦的神話，以及先秦神話與其他神話間的比較，進而抽繹出神話中變形的意涵。

中國早期研究神話的學者，多以變形神話爲神話的一類，〔註 15〕至鄭恆雄先生以潛意識探討神話中的變形，比較希臘和布農族神話，是爲接受了西方神話理論，以變形爲神話的特質，〔註 16〕來探究其意涵。而樂蘅軍先生嘗試以卡西勒的神話理論來爲中國神話作一探源後，〔註 17〕便有許多學者注意

〔註 12〕見王國良，《魏晉南北朝志怪小說研究》（臺北：文史哲出版社，1984 年）中篇內容分析部分，頁 119～292。

〔註 13〕李豐楙，《六朝文士與道教之關係》（政治大學中國文學研究所博士論文，1978 年）第七章魏晉南北朝志怪小說與仙道思想之關係，頁 551～633。

〔註 14〕柯慶明，〈論悲劇英雄〉，見氏著，《境界的探求》（臺北：聯經出版事業公司，1977 年），頁 34。

〔註 15〕沈雁冰把中國神話分爲六類，其中之一類爲人物變形的神話，見氏著，〈中國神話研究〉，《小說月報》16 卷 1 號（1925 年 1 月），頁 4。

〔註 16〕鄭恆雄主以容格的潛意識的心靈投射去詮釋神話中的變形，其文收錄於《中外文學》第 3 卷第 6 期（1974 年 11 月），頁 3～6。

〔註 17〕樂蘅軍，〈中國原始變形神話試探〉，《古典小說散論》（臺北：純文學出版社，1984 年），頁 1～38。

及此，從各方面的角度去詮釋變形神話，〔註 18〕探得的結論主要為變形是突破死亡的一種方式，而將其形成原因歸源於泛生、圖騰信仰。研究的成就可謂斐然可採。而對於在六朝小說中出現相當數量的故事含有變形的事實，則甚少有人注意。李豐楙先生在探討六朝志怪小說與仙道思想的關係時，〔註 19〕則以變化為討論重心，其文已將道教思想與六朝小說中的變化現象，予以較為廣泛的探討，然如前所述，其重點是道教，未觀照及其他思想給予六朝小說的影響。故本書擬從六朝小說的變形現象所反映的觀點，去探索其背後的思想因素。

二、研究方法和範圍

（一）研究方法

蔡英俊先生論及「近代學術研究對於語言文學或其他文化現象的研究討論都具有一項方法論上的特點，那就是透過定點上的橫斷（synchronic）與歷史發展上的縱貫（diachronic）的交互運用，而清楚說明某一問題的全貌。」〔註 20〕而鄭振鐸亦言：「研究中國小說的方向，不外『史』的探討與『內容』的考索」。〔註 21〕本書的研究方法，基本上亦採縱橫研究法，即以變形為定點，析論六朝小說中的變形觀點，和形成這樣觀點的背景因素。由於在六朝小說的變形故事之前，已有變形故事在先秦的神話和《莊子》中出現，是故在析論六朝小說中所反映的變形觀點之前，先闡述先秦文學的觀點，以見六朝小說變形觀的沿承與拓展。

（二）研究範圍

本書所討論的六朝小說，是指漢末至隋的小說作品，由於六朝小說眾多，即使關涉及變形的故事亦極繁瑣，無法全面歸納討論，故討論的重點在

〔註 18〕如王孝廉，〈死與再生——原型回歸的神話主題與古代時間信仰〉，《古典文學》第 7 集（臺北：臺灣學生書局，1985 年）。江寶釵，《早期文學中之生命不滅觀》（師範大學國文研究所碩士論文，1984 年）第二章第三節「變形不死之遐思」。林景蘇，《中國古代神話中人神關係之研究》（高雄師範大學國文研究所碩士論文，1986 年）第二章第二節「變化生命觀的形成及其影響」。呂清泉，《魏晉志怪小說與古代神話關係之研究》（臺灣大學中國文學研究所碩士論文，1986 年）第五章第一節「變化思想」。

〔註 19〕同註 13。

〔註 20〕見《中國文化新論文學篇（二）——意象的流變》一書之〈導言〉，頁 1。

〔註 21〕同註 2，頁 175。

具有典型特徵和能夠顯示出內在特性和本質內容的變形故事。又由於今傳本的六朝小說和隋唐史志著錄卷數不合，內容又多有綴合補輯之處，難還其原貌，故本書取材方法爲考索較早的小說類書《太平廣記》收錄的六朝小說的變形故事，又因《太平廣記》爲類書性質，引文多有簡省，〔註 22〕故本書在引用文章時，則參照較完備的版本，〔註 23〕以爲故事爲內容。本書所引原文的版本如下：《搜神記》：汪紹楹注本。《博物志》：范寧校證本。《搜神後記》、《拾遺記》、《異苑》、《漢武帝內傳》、《漢武故事》、《洞冥記》：《漢魏六朝筆記小說大觀》本。《列異傳》、《幽明錄》、《玄中記》、《述異記》（祖沖之）、《齊諧記》：魯迅編《古小說鉤沈》本。《還冤志》：《文淵閣四庫全書》本。《冥祥記》：王國良校釋本。《述異記》（任昉）：《漢魏叢書》本。

第二節　變形的定義

前述中不斷提及變形，而變形的意義爲何？本節作一界定。

由於國內學者談論變形，皆源自西洋神話術語——Metamorphose，其主要是以魔法或任何超自然力量去改變形體之意，在西洋神話中可看到許多這樣的事實。羅馬詩人奧維德（Ovid）（43 B.C.～A.D. 17）便貫穿了希臘神話、詩歌和羅馬民間傳說等變形故事，寫成《變形記》（*The Metamorphoses*）一書，〔註 24〕而後德國哲學家卡西勒在其《論人》一書中，探討神話特質，歸納出變形的律則（the law of Metamorphosis），〔註 25〕學者將之運用在中國神話之中來討論。李豐楙先生則認爲基於本土神話的特質和道教變化成仙的觀念，應稱「變形」爲「變化」，其尋索出「變」、「化」的字源爲取象於蠶化爲蛾、人的老幼異狀。〔註 26〕

從李豐楙先生尋索的造字之源而觀，「變」與「化」雖取象不同，但表示

〔註 22〕有關《太平廣記》引書的問題，葉慶炳先生已撰文討論，見氏著，〈有關太平廣記的幾個問題〉，《古典小說論評》（臺北：幼獅文化事業公司，1985 年），頁 3～35。

〔註 23〕王國良先生已將魏晉南北朝志怪小說詳加敘錄，版本的考證完備，本文多參考其研究結果，同註 12，頁 299～351。

〔註 24〕*The Metamorphoses*（臺北：雙葉書店，1973 年）。

〔註 25〕同註 7。

〔註 26〕李豐楙，〈不死的探求——從神話到神仙變化傳說〉，《中外文學》第 15 卷第 5 期（1986 年 10 月），頁 39～41。

變易形體之義則一。而「變化」一詞就如同李豐楙先生所說，具有豐富的意涵，廣泛地運用於哲學、神話、科學之中，而後漸脫離其造字之源，成為所有事物生滅轉變的抽象道理。〔註 27〕因此本書仍承「變形」一詞，較能具體表達六朝小說中變易形體的現象。尤其本書非專針對變化神仙的觀念，來討論變形，是故更需要一客觀的名詞，何況，雖然變化為仙道重要的思想，但在陳述變易形體時，道教亦用「變形」一詞，如《周易參同契》中言「累積長久，變形而仙」〔註 28〕便為一例。

變形之義的解釋據《說文》:「變，更也。」「形，象也。」〔註 29〕就知道變形即是改變形體之意。但在典籍之中，卻常見以「化」、「為」來敘述變形的事實，以之連接兩個不同的形體，以表達出後者為前者所變的關係。據《墨子・墨經上》:「化，徵易也。」〈經說上〉:「化，若鼃為鶉。」又〈墨經上〉:「為……化。」〈經說上〉:「為：……，鼃買，化也。」〔註 30〕可見「化」為「為」之一義，皆具有變易形體之意。《荀子・正名篇》則更詳細地界定「化」，謂「狀變而實無別而為異者，謂之化」，楊倞注:「化者，改舊形之名。」〔註 31〕適足為變易形體之意。據《說文》「化」之義為「變也，从到人。」段注云：「到者，今之倒字，人而倒，變匕之意也。」〔註 32〕雖無明確地表達出「化」為變形之意，但從《荀子》所言之狀變而實無別，亦可掌握其蘊含的變易形體之意。同時據《說文》以「變」釋「化」可見兩者意義相同。在古書的注解中亦可見以「變」和「化」來詳辨變形的過程。

> 《禮記・中庸》孔穎達疏:「初漸謂之變。變時新舊兩體俱有，變盡舊體而有新體，謂之為化。如〈月令〉鳩化為鷹，是為鷹之時，非復鳩也。」〔註 33〕

〔註 27〕同前註。

〔註 28〕《周易參同契・聖賢伏煉第三十一》，輯入張繼禹主編，《中華道藏》(北京：華夏出版社，2004 年)，第 16 冊，頁 239。

〔註 29〕分見漢・許慎撰，清・段玉裁注，《說文解字注》(臺北：漢京文化事業有限公司，1980 年)，卷 6，頁 125；卷 16，頁 429。

〔註 30〕見孫詒讓，《墨子閒詁》(臺北：華正書局，1987 年) 卷 10，頁 287，頁 308，頁 286，頁 318。

〔註 31〕見王先謙，《荀子集解》(臺北：世界書局，1967 年) 卷 16，頁 279。

〔註 32〕同註 29，卷 15，頁 388。

〔註 33〕漢・鄭玄注，唐・孔穎達正義，《禮記注疏》，《十三經注疏》(臺北：藝文印書館，1955 年)，卷 53，頁 895 下。

《禮記・月令》孔穎達疏：「易乾道變化，謂先有舊形，漸漸改者謂之變；雖有舊形，忽改者謂之化，及本無舊形，非類而改，亦謂之化。」〔註34〕

據此二則，「變」與「化」則有更豐富的意涵，前則言「變」爲變形的過程，「化」爲變形結果；後一則言「變」爲漸至的改變，「化」爲卒至的改變，同時「化」可跨越物類之別。不論其所說變化的速度和方式，「變」與「化」皆爲變形之意。又《周禮・大宗伯》注以「能生非類曰化」與「生其種曰產」相對而論〔註35〕，據孔疏「本無舊形，非類而改」而觀，可知「能生非類」亦傳達出變易形體的訊息。

綜合言之，變形即爲變易形體之義，包括了物類的自形變易，和物類間的形體轉換，亦即爲存在形式的改變。

〔註34〕同前註，卷15，頁302下。

〔註35〕漢・鄭玄注，唐・賈公彥疏，《周禮注疏》，《十三經注疏》（臺北：藝文印書館，1955年），卷18，頁283上。

第二章　先秦文學中的變形觀

在討論六朝小說中的變形故事之前，首先必須把六朝以前的變形故事交待清楚。一般而論，中國小說的起源是先秦的神話傳話和寓言。而從變形超現實的定義而觀，自然先秦神話必具有「變形」的因子。而《莊子》一書中表達「化」之思想的寓言，亦值得我們注意。故本章以先秦神話和《莊子》的寓言爲主，來看早在六朝小說之前，中國文學所呈現的變形故事和其所代表的意義，以及這些變形觀念對六朝變形故事的影響。

本章依據對象的性質，採取不同的探討方式。神話是初民心理的反映，代表了普遍大眾對於生命現象的詮釋。而《莊子》寓言實蘊含了哲學思想，是思想家對人生思索的結果。故對於前者，試圖以人類心理爲主導，分析神話中呈現出的變形內容，追溯出其創作動機和變形所具有的意義。對於後者，則以其思想爲主幹，來說明《莊子》何以會出現那些具有神話特質的寓言。

第一節　先秦變形神話

研究中國古代神話實有基本上的困難，即現存的神話資料貧乏而零碎，而在神話的流傳過程中，亦不可避免地受到了各時代的增易整理，甚而與歷史相纏，致使神話資料原始性難以斷定，而不易窺得神話的原貌。根據徐炳昶和蘇秉琦在〈試論傳說材料的整理與傳說時代的研究〉一文中，所提出的傳說材料原始性的次等性——即著成年代愈早的作品，其中所載的傳說資料也愈原始，尤其是那些未經整理的零金碎玉。〔註 1〕同樣地，我們亦可依此去

〔註 1〕見杜正勝編，《中國上古史論文選集》（臺北：華世出版社，1979 年），頁 95～124。

把握較早的神話，進而去探討古代神話中的變形內容和意涵。故本節所討論的神話，主要以「零金碎玉」的神話專書——《山海經》爲主，並輔以《詩經》、《楚辭》、《左傳》、《國語》、《呂氏春秋》等書中具有相當原始性的神話資料。

原始神話是初民心靈的創作，在相隔遙遠的時空之後，如何去掌握初民對其生活環境事物思索的方式呢？西方的哲學家卡西勒認爲研究神話的學者運用客觀方法去分類神話思想的對象，企圖爲神話尋求一個客觀中心，但是他們往往曲解了神話，使自己的理論成爲統一整體，是故人們必須從主觀上嘗試分類神話的動機。〔註 2〕林惠祥亦有類似的主張。〔註 3〕卡西勒認爲神話的基礎是感覺的基礎，〔註 4〕而人類的感覺是有其恆常性的，故以之主觀地去把握神話中所闡釋的初民心靈世界，是較具有意義的研究方向，因此本節在探討變形在古代神話中的意涵時，亦側重於此。

一、變形神話之分析

《山海經》記載了很多奇異的動植物，而更令人注意的是書中神的形象，無論是地域性的神祇，或自然神，以及其他專有所司的神祇，都是異獸或人獸合體的形象。根據譚達先的統計，《山海經》所記神靈有四百五十幾個，人形神與非人形神約一與四之比。〔註 5〕我們固然可以自然崇拜〔註 6〕和圖騰信仰〔註 7〕來詮釋這個現象，但針對此不同物類結合而成的形貌而言，實易使人懷疑它們是否存有「變形」的背景？關於這個問題，樂蘅軍先生認爲它們是

〔註 2〕見卡西勒著，劉述先譯，《論人》，頁 86。

〔註 3〕林惠祥名之爲「神話製造」的心理狀態，見氏著，《神話論》，頁 32。

〔註 4〕同註 2，頁 87。

〔註 5〕見譚達先，〈中國神話研究〉，收錄於《中國古代神話》（臺北：里仁書局，1982 年），頁 12。譚氏所謂「人形神」實爲《山海經》中未敘述形貌的神祇，因此應採較保守的看法，而不對其形貌是否爲人形作判斷。

〔註 6〕自然崇拜即人對周圍種種勢力由害怕而產生的崇拜心理，見林惠祥，《文化人類學》（臺北：臺灣商務印書館，1981 年），頁 281。事實上，林惠祥另外分論的動物崇拜和植物崇拜也可包括在自然崇拜之內。

〔註 7〕圖騰（Totem）本爲印第安人語，人類學者對其有各種的詮釋，其具體的意義爲「一氏族人所奉爲祖先、保護者、及團結的標號的某種動物、植物、或無生物。」詳見李宗侗，《中國古代社會史》（一）（臺北：中華文化事業出版社，1963 年），頁 1～5。及林惠祥，《文化人類學》，頁 293。衛惠林便曾以圖騰制度來解釋《山海經》中的神話，見氏著，〈中國古代圖騰制度範疇〉，《中央研究院民族學研究所集刊》，第 25 期（1968 年春季），頁 5～10。

一種變形，展現了變形的過程，因其遭受到不明原因而於變形過程中突然終止，而名之為「靜態變形」，並以《山海經・大荒西經》的互人國和顓頊、魚婦之記載來證明這些異類合體的神之形象的背後，實隱含了一個「變形」的背景。〔註 8〕而日本學者中野美代子卻以自然崇拜的觀點，認為獸具有靈性，所以神必須以動物的身體出現，但由人形變成動物的途中失敗了，而呈現了人面獸身形象，〔註 9〕依此而觀，她也認為人面獸身的神其後必也有一個「變形」的背景。

然上述的兩種見解實未肯定，樂蘅軍先生的說法固然是一種可能的設想，但其所引為證的〈大荒西經〉的敘述，則涉及了斷句和注解的問題，〔註10〕即基本資料的意義不能斷定。而中野美代子的看法雖極具說服力，〔註 11〕但只

〔註 8〕見樂蘅軍，〈中國原始變形神話試探〉，《古典小說散論》，頁 7～9。

〔註 9〕見中野美代子，《中國の妖怪》（東京：岩波書店，1984 年），頁 186～188。

〔註10〕樂蘅軍先生的引文如下：「有互人之國（郭璞注：人面魚身）。炎帝之孫，名曰靈恝，靈恝生互人；是能上下于天。有魚偏枯，名曰魚婦。顓頊死即復蘇。——郭璞注：淮南子曰后稷龍（壠）在建木西，其人死復蘇，其中為魚。（按《淮南子・地形訓》：其人死復蘇其半，魚在其間。）蓋謂此也。」同註 8，頁 8。按其下當還有「風道北來，天乃大水泉，蛇乃化為魚，是為魚婦。顓頊死即復蘇」數句。見袁珂，《山海經校注》（臺北：里仁書局，1981 年），頁 415～416。有關斷句問題，則為袁珂將「有魚偏枯」以下另立一段，似乎與互人之國無涉。而從《山海經》內容而觀，炎帝和顓頊亦無關係可言。至於對「有魚偏枯，名曰魚婦。顓頊死即復蘇」的解釋，郭璞認為是「言其人能變化也」，袁珂亦言：「據經文之意，魚婦當即顓頊之所化」。見《山海經校注》，頁 416～417。若不觀注釋，光從文意上而言，我們僅可得知偏枯的魚婦因顓頊死而蘇醒，而無從確實捕捉其二物為一體的訊息。雖然郭璞在注中引用《淮南子・地形篇》：「后稷龍在建木西，其人死復蘇，其中為魚」，認為大概就是說這一則神話，袁珂並據今本考訂「龍」當為「壠」，「中」當作「半」，大致上同意郭璞的說法，但是《山海經》中的顓頊是否是《淮南子》中的后稷則無由肯定？倒是從〈海內西經〉：「后稷之葬，山水環之。在氐國西。」看出后稷與互人國有關，因據郝懿行的注，互人國即氐人國。見《山海經校注》，頁 291，頁 280。而更重要的關鍵在於下文言：「蛇乃化為魚，是為魚婦。顓頊死即復蘇」，明言魚婦為蛇所化，蛇和顓頊的關係如何作解呢？雖然袁珂言：「其所以稱為『魚婦』者，或以其因風起泉湧、蛇化為魚之機，得魚與之合體而復蘇，半體仍為人軀，半體已化為魚，故稱『魚婦』也。」見《山海經校注》，頁 417。這個解釋過於迂曲而仍不易使明白文意，同時其中也透露出顓頊與魚本非一體的意思。是故從上述可知這一段《山海經》的內容是有許多疑點，因此「有魚偏枯，名曰魚婦。顓頊死即復蘇」是否為人面魚身的互人之國的變形背景，是不易確知的。

〔註11〕若從自然崇拜的觀點來看，動物在初民心理中確有不可忽視的力量，張光直在

顧及了人面獸身的部份，而《山海經》中所述的獸面人身和異獸合體的現象則又不能統一於其看法之下。〔註 12〕無獨有偶的是，兩項說法都認爲變形過程中的中斷，形成了如此的神之形象，但其原因卻是無從追究了。

既然無法肯定這些神之形象含有「變形」的背景，故本節將討論的重心放在有變形事實陳述的神話，即樂蘅軍先生所謂的「力動變形」。〔註 13〕今試將這些變形神話依其變形特質分類，並由此分類尋繹出這些變形神話所具有的意義。

（一）死生的變形神話

若嚴格而論，當以死亡的變形神話稱之，因爲在此類的變形神話中，死亡是貫穿全神話的靈魂，即死亡是導致變形之因，當下的生命終止，卻以其他的形體存在，故稱爲死生的變形神話。而這類神話多出現於《山海經》中，其神話內容更具原始性，故前人論述原始變形神話幾全側重於此。今爲討論方便，抄錄於下：

又西北四百二十里，曰鍾山，其子曰鼓，其狀如人面而龍身，是與欽䲹殺葆江于昆侖之陽，帝乃戮之鍾山之東曰嶢崖，欽䲹化爲大鶚，其狀如雕而黑文白首，赤喙而虎爪，其音如晨鵠，見則有大兵；鼓亦化爲鵕鳥，其狀如鴟，赤足而直喙，黃文而白首，其音如鵠，見則其邑大旱。（〈西山經〉）〔註 14〕

又北二百里，曰發鳩之山，其上多柘木；有鳥焉，其狀如烏，文首、白喙、赤足，名曰精衛，其鳴自詨。是炎帝之少女名曰女娃，女娃游于東海，溺而不返，故爲精衛，常銜西山之木石，以堙于東海。（〈北山經〉）

又東二百里，曰姑媱之山。帝女死焉，其名曰女尸，化爲䔄草，其葉胥成，其華實，其實如菟丘，服之媚于人。（〈中山經〉）

形天與帝至此爭神，帝斷其首，葬之常羊之山，乃以乳爲目，以臍

〈商周神話與美術中所見人與動物關係之演變〉中也認爲在早期美術作品所見的動物具有很大的神力和支配性的影響，適可支持中野美代子說法。詳見氏著，《中國青銅時代》（臺北：聯經出版事業公司，1983 年），頁 327～354。

〔註 12〕中野美代子對於獸面人身和異獸合體的神之造型則有別的詮釋，同註 9，頁 188～190。

〔註 13〕同註 8，頁 4～6。

〔註 14〕袁珂，《山海經校注》，頁 42～43。下引《山海經》皆依此本，不另註。

> 爲口，操干戚以舞。(〈海外西經〉)
>
> 夸父與日逐走，入日。渴欲得飲，飲于河渭，河渭不足，北飲大澤。未至，道渴而死。弃其杖，化爲鄧林。(〈海外北經〉，於〈大荒北經〉中亦有此一神話的異文。)〔註15〕
>
> 有宋山者，有赤蛇，名曰育蛇。有木生山上，名曰楓木。楓木，蚩尤所棄其桎梏，是爲楓木。(〈大荒南經〉)

另外，〈海內經〉所述「洪水滔天，鯀竊帝之息壤以堙洪水，不待帝命。帝令祝融殺鯀於羽郊。鯀復生禹，帝乃命禹卒布土以定九州」一則，於《左傳・昭公七年》、《國語・晉語八》及《楚辭・天問》則述及了鯀的變形。

> 昔堯殛鯀于羽山，其神化爲黃熊，以入于羽淵。(《左傳・昭公七年》)〔註16〕
>
> 昔者鮌違帝命，殛之于羽山，化爲黃熊，以入于羽淵。(《國語・晉語八》)〔註17〕
>
> 鴟龜曳銜，鮌何聽焉？順欲成功，帝何刑焉？永遏在羽山，夫何三年不施？伯禹愎鮌，夫何以變化？……化爲黃熊，巫何活焉？(《楚辭・天問》)〔註18〕

雖然《左傳》敘述了鯀被堯所殛，《國語》和《楚辭》未言明「帝」爲誰？各書所載故事的內容有異，但其爲變形神話則是可肯定的。

從上述變形神話的內容，可知這些神話皆爲悲劇事件。即僅述及蚩尤的桎梏化爲楓木一則，也可由其相關的〈大荒東經〉和〈大荒北經〉所載蚩尤爲應龍所殺的相關神話〔註19〕歸納相同的結論。由於爭鬥、意外而使得神話

〔註15〕〈大荒北經〉：「大荒之中，有山名曰成都載天。有人珥兩黃蛇，把兩黃蛇，名曰夸父。后土生信，信生夸父。夸父不量力，欲追日景，逮之于禺谷。將飲河而不足也，將走大澤，未至，死于此。應龍已殺蚩尤，又殺夸父，乃去南方處之，故南方多雨。」同註14，頁427。

〔註16〕見楊伯峻，《春秋左傳注》(臺北：源流出版社，1982年)，頁1290。

〔註17〕吳・韋昭注，《國語》(臺北：里仁書局，1982年)，卷14，〈晉語八〉，頁478。

〔註18〕見宋・洪興祖，《楚辭補註》(臺北：藝文印書館，1960年)，卷3，頁152～153，頁170。下引《楚辭》悉依此本，不另註。

〔註19〕〈大荒北經〉一則，同註15。〈大荒東經〉：「大芒東北隅中，有山名曰凶犁土丘。應龍處南極，殺蚩尤與夸父，不得復上。故下數旱，旱而爲應龍之狀，乃得大雨。」同註14，頁359。

中的主人翁遭逢了最大的困境——死亡，而此非命而死的生命，或化成了另一個生命的形體，或其遺物化為其他的生命，而仍繼續保持其原有的精神，即形體易變，而質性未變。是故鼓與欽䲹，仍以鵕鳥、大鶚之身帶著凶兆，繼續以不祥降臨人間；而帝女死後化為䔄草，且依然保有著美好的質性；斷首的形天以殘缺的軀體化為重要的器官，操干戚以舞；溺海而死的帝女，以精衛之身填補東海；與日逐走，渴而至死的夸父，其杖化為甘美多汁的桃林；而蚩尤手上染滿鮮血的桎梏也化作似血的楓木。凡此種種，除了表達神話主人翁的超自然力量外，皆一再地透露出其間的補償訊息。

這類神話往往予人相當的震撼，主要的原因是於其中洋溢著生命不屈的精神，而帶有極濃厚的爭鬥色彩。卡西勒曾經說過：「神話世界乃是一個戲劇世界，一個行動、力量與爭鬪的權力的世界」，〔註20〕在鼓與欽䲹的神話中我們看到了這點。夸父雖有與日逐走渴死之說及蚩尤未交待死因的遭遇，皆可從〈大荒東經〉及〈大荒北經〉所述應龍殺死蚩尤和夸父的內容而觀，知二者之死的背後，殆有一爭鬥的背景。形天亦是與帝爭神失其首。鯀也由於不待帝命，被擊殺後化為黃熊。由此變形神話「爭鬥」之性格來看，《山海經》中有些「尸」亦可視為爭鬥後的變形結果，形天本身就是一個極佳的說明。此外，〈大荒西經〉也有一則極似形天神話：

> 有人無首，操戈盾立，名曰夏耕之尸。故成湯伐夏桀于章山，克之，斬耕厥前。耕既立，無首走厥咎，乃降于巫山。

被斬首之後，仍然能逃避罪名，自可視為形體的變更，無怪郭璞注云：「亦形天尸之類」。〔註21〕而《山海經》中有關貳負及窫窳的記載亦可作為另一力證。

> 貳負之臣曰危，危與貳負殺窫窳。帝乃梏之疏屬之山，桎其右足，反縛兩手與髮，繫之山上木。在開題西北。（〈海內西經〉）

> 開明東有巫彭、巫抵、巫陽、巫履、巫凡、巫相，夾窫窳之尸，皆操不死之藥以距之。窫窳者，蛇身人面，貳負臣所殺也。（〈海內西經〉）

> 袁珂注：「郭氏圖讚云：『窫窳無罪，見害貳負；帝命羣巫，操藥夾守，遂淪弱淵，變為龍首。』」

〔註20〕同註2，頁88～89。
〔註21〕同註14，頁411。

窫窳龍首，居弱水中。(〈海內南經〉)

郭璞注：「窫窳，本蛇身人面，爲貳負臣所殺，復化而成此物也。」

有窫窳，龍首，是食人。(〈海內經〉)

窫窳被危與貳負殺害之後，卻改變了形體，由蛇身人面化爲龍首，而繼續生存。

神話中的變形多被釋爲原始心靈否定死亡的方法。〔註 22〕否定死亡固是一種詮釋，若進一步追究，則可知其蘊含了更深的意義，這數則神話皆爲悲劇事件，除詮釋爲否定死亡之外，更可視其爲基於同情的情感所孕育。在《山海經》中我們看到了初民已經承認死亡的現象，同時亦有不死的國度存在〔註 23〕，由此可知「死」這個觀念還是存在於他們的腦海中。然而爲什麼會有死生的變形神話出現呢？此點可用卡西勒一個極好的觀點來解釋：

初民心性的特色，不是它的邏輯，而是它的生命的一般情操。……我們習慣於劃分我們的生活爲實用和理論活動的兩個領域。在這樣的劃分之中，我們傾向於忘懷，在這兩個領域之下，還有一個更低的層次。原始人是不易陷於這樣的忘懷的。他所有的思想和感覺還始終埋在這個比較低的原始的土層之中。他的自然觀既不是僅僅的理論的，也不是僅僅的實用的；它乃是同情的。……神話是情感的產物，並且它的情感的背景將它所有的產物都染上了它自己的特殊的色彩。原始人決不缺乏把捉事物的經驗上的區別的能力。〔註 24〕

初民對那些失敗的生命深具同情，所以他們在「死」與「不死」間開闢了另一條蹊徑——變形，以「變形」來代替「死亡」這項事實。而袁珂在注解這些變形故事時，認爲故事的主人翁多與炎帝有關，〔註 25〕依此，則這些變形

〔註 22〕卡西勒認爲：「在某一義下，整個神話思想，可以解釋爲一種對死亡的現象的恆常的和固執的否定。」同註 2，頁 96。而樂蘅軍先生基本上亦是以否定死亡，來討論變形神話，見其〈中國原始變形神話試探〉一文。

〔註 23〕〈海外南經〉：「不死民在其東，其爲人黑色，壽，不死。」〈大荒南經〉：「有不死之國，阿姓，甘木是食。」同註 14，頁 196，頁 370。

〔註 24〕同註 2，頁 94。

〔註 25〕袁珂於帝女化爲䔄草一則下有案語：「《文選・高唐賦》注引《襄陽耆舊傳》云：『赤帝（炎帝）女曰瑤姬，未行而卒』」，將此帝女歸於炎帝之女。他並於形天一則之下明言：「刑天，炎帝之臣；形天之神話，乃黃帝與炎帝之爭神話之一部份，狀其鬥志靡懈，死猶未已也。」他並引用其他書中的記載作爲旁證：「《路史・後記三》云：『炎帝乃命邢天作〈扶犁〉之樂，制〈豐年〉之詠，以薦釐來，是曰〈下謀〉。』此邢天即宋本《御覽》五五五所引此經邢天，亦鮑校本八八七所引此經邢天也。」「《春秋緯・元命苞》(《玉函山房輯佚書》

神話的現實基礎則是黃炎之爭了。然袁珂的注解往往引證時代較晚的資料，但從《山海經》本身的體系而觀，〔註 26〕確實存在了這個跡象。是否這些變形神話的背後眞有一如同歷史上記載的驚天動地的民族戰爭，〔註 27〕而使得初民同情那些失敗的英雄，編造了變形的神話？若據法國的社會學家涂爾幹（Émile Durkheim，1858～1917）的理論：「不是自然，而是社會，乃是神話的眞正範型。它的所有的根本動機，都是人的社會生活的投影。靠這些投影，自然變成了社會世界的影象。」〔註28〕是可以承認其可能性的。

（二）化生的變形神話

所謂化生的變形神話，即爲既有的生命其形體或形體的一部份化爲其它一種以上的物類，死亡與否不再是神話的重心。這類變形神話在先秦的典籍中較少。

> 有神十人，名曰女媧之腸，化爲神，處栗廣之野，橫道而處。(《山海經・大荒西經》)

> 郭璞注：「女媧，古神女而帝者，人面蛇身，一日中七十變，其腹化爲此神。……」

輯）云：『少典妃安登，遊于華陽，有神龍首感之於常羊，生神農。』是炎帝生於常羊，漢人已有成說矣。〈大荒西經〉所謂『有偏句、常羊之山』者，此常羊與刑天斷首之常羊，炎帝降生之常羊，俱在西方，自是一常羊無疑」。在同一注下他並引證他書來說明蚩尤爲炎帝之後：「蚩尤者，『炎帝之後』(《玉函房輯佚書》輯《遁甲開山圖》) 亦炎帝之臣也（《世本》宋衷。）同註 14，頁 142，頁 215～216。

〔註 26〕據〈海內經〉：「炎帝之妻，赤水之子聽訞生炎居，炎居生節並，節並生戲器，戲器生祝融，祝融降處于江水，生共工，共工生術器，……共工生后土，后土生噎鳴……」。〈大荒北經〉：「后土生信，信生夸父」，可知夸父爲炎帝之裔。而由〈大荒北經〉「蚩尤作兵伐黃帝，黃帝乃令應龍攻之冀州之野」和〈大荒東經〉「應龍處南極，殺蚩尤與夸父」而觀，蚩尤和夸父也成了黃炎爭鬥的重要人物。

〔註 27〕《史記・五帝本紀》：「軒轅之時，神農氏世衰，諸侯相侵伐，暴虐百姓，而神農氏弗能征。於是軒轅乃習用干戈，以征不享，諸侯咸來賓從。而蚩尤最爲暴，莫能伐。炎帝欲侵陵諸侯，諸侯咸歸軒轅。軒轅乃修德振兵，治五氣，蓺五種，撫萬民，度四方，教熊羆貔貅貙虎，以與炎帝戰於阪泉之野。三戰，然後得其志。蚩尤作亂，不用帝命。於是黃帝乃徵師諸侯，與蚩尤戰於涿鹿之野，遂禽殺蚩尤。而諸侯咸尊軒轅爲天子，代神農氏，是爲黃帝。」見漢・司馬遷撰，《史記》（臺北：啓業書局，1978 年），卷 1，頁 3。

〔註28〕同註 2，頁 91。

神話本身之意不易掌握，《楚辭・天問》有「女媧有體，孰制匠之」之問，王逸注云：「傳言女媧人頭蛇身，一日七十化，其體如此，誰所制匠而圖之乎？」〔註29〕據此則可推知女媧具有創造神的特質，稍後的典籍《淮南子・說林篇》和《風俗通》皆記載了女媧造人的神話，〔註30〕而《淮南子・覽冥篇》更述及了女媧補天之事，〔註31〕而更強化了女媧創造神的特質。此外，《山海經・海外北經》中「視爲晝，瞑爲夜，吹爲冬，呼爲夏，不飲，不食，不息，息爲風，身長千里」的鍾山之神——燭陰（龍），〔註32〕晝夜冬夏風雨具現於其身，雖未見具體的變形敘述，卻可視爲三國吳徐整的《五運歷年紀》所記述盤古開闢地完整的化生說之最早雛形。〔註33〕

面對著宇宙萬物，人永遠懷著最大的好奇想去探知其形成的原因。在《楚辭・天問》的首章便是人類心中疑問：

遂古之初，誰傳道之？
上下未形，何由考之？
冥昭瞢闇，誰能極之？
馮翼惟像，何以識之？
明明闇闇，惟時何爲？

〔註29〕同註18，頁175。

〔註30〕《淮南子・說林篇》：「黃帝生陰陽，上駢生耳目，桑林生臂手，此女媧所以七十化也。」見漢・劉安撰，劉文典集解，《淮南鴻烈集解》（臺北：臺灣商務印書館，1978年），卷17，葉5。《太平御覽》引《風俗通》：「俗說天地開闢，未有人民，女媧摶黃土作人，劇務，力不暇供，乃引繩絙於泥中，舉以爲人。故富貴者，黃土人也；貧賤凡庸者，絙人也。」見宋・李昉編，《太平御覽》（北京：中華書局，1960年），卷78，〈皇王部三女媧氏〉，頁365。

〔註31〕《淮南子・覽冥篇》：「往古之時，四極廢，九州裂，天不兼覆，地不周載，火爁炎而不滅，水浩洋而不息，猛獸食顓民，鷙鳥攫老弱，於是女媧鍊五色石以補蒼天，斷鼇足以立四極，殺黑龍以濟冀州，積蘆灰以止淫水。」同前註，卷6，葉10。

〔註32〕〈大荒北經〉亦有一異文：「西北海之外，赤水之北，有章尾山。有神，人面蛇身而赤，直目正乘，其瞑乃晦，其視乃明，不食不寢不息，風雨是謁。是燭九陰，是謂燭龍。」同註14，頁438。

〔註33〕《繹史》卷一引徐整《五運歷年紀》：「元氣濛鴻，萌芽茲始，遂分天地，肇立乾坤。啓陰感陽，分布元氣，乃孕中和，是爲人也。首生盤古，垂死化身，氣成風雲，聲爲雷霆，左眼爲日，右眼爲月，四肢五體爲四極五嶽，血液爲江河，筋脈爲地里，肌肉爲田土，髮髭爲星辰，皮毛爲草木，齒骨爲金石，精髓爲珠玉，汗流爲雨澤，身之諸蟲，因風所感，化爲黎甿。」見清・馬驌撰，王利器整理，《繹史》（北京：中華書局，2002年），第1冊，頁2。

陰陽三合，何本何化？

圜則九重，孰營度之？

惟茲何功，孰初作之？

相信在屈原之前必然會有同樣的疑問產生的，其中尤不可忽略的是一再出現的「誰」、「孰」，強烈地顯示出人類深信一切的自然事物之後定有一主宰者。當然在提出疑問的同時，人類也會去尋求解答，於是一個以其形體滋衍萬物的創造者是很容易進入初民的心中，化生的變形神話便因此而產生了。

（三）感生的變形神話

此類變形神話是指生命的誕生是由於母親和其他物類的接觸。樂蘅軍先生認爲《楚辭・天問》中簡狄吞玄鳥卵而生契，〔註34〕沒有變形的最後敘述，所以視之爲「隱藏的變形」，〔註35〕固然其爲無意象的轉換變形。但從「能生非類」及「本無舊形而改」的變形定義來看，變形儼然成爲此類神話的重要元素，不然吞玄鳥卵而生人的結果無由解釋。在《國語・鄭語》中有一則更具象的感生變形神話：

> ……宣王之時有童謠曰：「檿弧箕服，實亡周國。」於是宣王聞之，有夫婦鬻是器者，王使執而戮之。府之小妾生女而非王子也，懼而棄之。此人也，收以奔褒。天之命此久矣，其又何可爲乎？《訓語》有之曰：「夏之衰也，褒人之神化爲二龍，以同于王庭，而言曰：『余，褒之二君也。』夏后卜殺之與去之與止之，莫吉。卜請其漦而藏之，吉。乃布幣焉而策告之，龍亡而漦在，櫝而藏之，傳郊之。」及殷、周，莫之發也。及厲王之末，發而觀之，漦流于庭，不可除也。王使婦人不幃而譟之，化爲玄黿，以入于王府。府之童妾未既齔而遭之，既笄而孕，當宣王時而生。不夫而育，故懼而棄之。爲弧服者方戮在路，夫婦哀其夜號也，而取之以逸，逃于褒。褒人褒姁有獄。而以爲入於王，王遂置之，而嬖是女也，使至於爲后生伯服。……〔註36〕

〔註34〕《楚辭・天問》：「簡狄在臺，嚳何宜？玄鳥致貽，女何喜？」王逸注云：「簡狄，帝嚳之妃也。玄鳥，燕也。……言簡狄侍帝嚳於臺上，有飛燕墮遺其卵，喜而吞之，因生契也。」同註18，頁178。

〔註35〕同註8，頁12。

〔註36〕同註17，卷16，頁519。

《楚辭・天問》也有類似的傳說，〔註 37〕由神化爲二龍，龍之漦又化爲玄黿，以至誕生出褒姒，都是一連串的變形。而《詩經・生民》所載姜嫄踏巨人腳印而生下周之始祖——后稷，〔註 38〕亦可歸於此類。《帝王世紀》中所述庖犧、炎帝、黃帝、少昊、顓頊、帝嚳、堯、舜、禹、湯等的感生，〔註 39〕其是否爲先秦的留傳已不可考，不過由其系統化程度而觀，殆爲後人的杜撰，而其內容詳盡完整，且都有最後變形的敘述，這是和前述的感生神話最大的不同。〔註 40〕在《山海經》中並沒有這樣的神話出現，雖然其中一些人獸合體的神涉及了《山海經》的帝系，〔註 41〕同時遠國異人也多爲帝系之後裔，〔註 42〕會使我們往這個方向設想，但沒有具體的敘述可以作爲支持此說的證據。

嚴格而言，感生的變形神話已具有傳說的性質，因爲它們多關涉著某些特別的人物，或爲一民族的始祖，或爲繫於一國興亡的關鍵人物。圖騰的原始信仰固然可以解釋部份此類變形神話產生的緣由，例如玄鳥生商之說。〔註 43〕此外尚有一心理因素，即對於重要人物的出生，人們往往會賦予濃厚的神秘色彩，認爲其不平凡的出生就預兆著其本身所繫的鉅大影響力，尤其在初民的心靈中，是很容易成就這樣的神話。據此，則《楚辭・天問》和《呂氏春秋》

〔註 37〕《楚辭・天問》:「妖夫曳衒，何號于市？周幽誰誅，焉得夫褒姒？」其注亦引《國語》之說。同註 18，卷 3，頁 186。

〔註 38〕《詩經・生民》:「厥初生民，時維姜嫄，生民如何？克禋克祀，以弗無子，履帝武敏歆，攸介攸止，載震載夙，載生載育，時維后稷。」見漢・毛亨傳，漢・鄭玄箋，唐・孔穎達正義，《毛詩注疏》，《十三經注疏》(臺北：藝文印書館，1955 年)，卷 17，頁 587。

〔註 39〕見晉・皇甫謐撰，清・顧觀光輯，《帝王世紀》，輯入《指海》，《百部叢書集成》(臺北：藝文印書館，1967 年)，葉 5，葉 9～12，葉 15，葉 19，葉 24～25。

〔註 40〕見衛惠林，〈中國古代圖騰制度範疇〉所列述，《中央研究院民族學研究所集刊》第 25 期 (1968 年春季)，頁 15～19。

〔註 41〕如〈海外南經〉「獸身人面」的祝融，在〈海內經〉中爲炎帝的後裔，而〈海外北經〉「人面鳥身，珥兩青蛇，踐兩青蛇」的禺彊，據〈大荒東經〉「……黃帝生禺虢，禺虢生禺京，禺京處北海，禺虢處東海，是爲海神」，郭璞於「禺京」下注「即禺彊也」，袁珂認爲彊、京一聲之轉。」同註 14，頁 248，頁 350。

〔註 42〕如〈海外西經〉中「一首三身」的三身國，據〈大荒南經〉「……帝俊妻娥皇，生此三身之國，……」和〈海內經〉「帝俊生三身」，則三身國似爲帝俊之後裔。另如黑齒國爲帝俊之後。驩頭國爲顓頊之後，互人國爲炎帝之後，犬戎國爲黃帝之後等。

〔註 43〕見李宗侗，《中國古代社會史》(一)，頁 29～35。

有關伊尹出生的神話，〔註 44〕雖缺少了明確交待感生之實，但伊尹於空桑出生的傳奇性，勢與感生的變形神話有著意義上的相關性。而在文明已昌的後世，帝王的出生仍籠罩著濃厚的神話氣氛，〔註 45〕因此也形成了中國史傳上的一個特色，然而其中所透露出的爲鞏固其權力不可動搖的強烈意味，也使得我們會以之爲政治神話，而不再是素樸的感生神話了。

二、變形於神話中顯示之意義

變形神話的內容和其產生的動機已如前述，但神話中變形所顯示的意義，則不容忽略。試就變形的基礎、作用、特色分述如下：

就變形的基礎而言：在變形神話中呈現了一個現象，即生物與生物，生物與無生物間可以互變，卡西勒認這是初民「綜合生命觀」〔註 46〕所導致神話的「觀相性格」。〔註 47〕而人類學者則從宗教的角度出發，以爲這是初民超自然的概念，認爲所有生命和無生命間都有精靈的存在，此即泛靈信仰。另外也有一種說法認爲在宇宙萬物間存有一超自然的生命力——「馬那」，遍存於萬物。〔註 48〕無論是「生命綜合的觀點」、「泛靈信仰」、「馬那」，所顯示的

〔註 44〕《楚辭・天問》：「水濱之木，得彼小子。夫何惡之？媵有莘之婦。」其注云：「言伊尹母妊身，夢神女告之曰：『臼竈生鼃，亟去，無顧。』居無幾何，臼竈中生鼃，母去東走，顧視其邑，盡爲大水，母因溺死，化爲空桑之木。水乾之後，有小兒啼水涯，人取養之。既長大，有殊才，有莘惡伊尹從木中出，因以送女也。」同註 18，卷 3，頁 182。《呂氏春秋・孝行覽・本味》有一段此神話之異文：「有侁氏女子採桑，得嬰兒于空桑之中，獻之其君。其君令烰人養之。察其所以然，曰：『其母居伊水之上，孕，夢有神告之曰：「臼出水而東走，毋顧。」明日，視臼出水，告其鄰，東走十里，而顧其邑盡爲水，身因化爲空桑』，故命之曰伊尹。此伊尹生空桑之故也。」見陳奇猷，《呂氏春秋校釋》（臺北：華正書局，1985 年），卷 14，頁 739。

〔註 45〕如《史記・高祖本紀》所載高祖之出生，餘各代帝王感生之蹟，可參考吳彰裕，《歷代興業帝王政治謎思之研究》（中山大學中山學術研究所碩士論文，1985 年）附表三。

〔註 46〕「它（初民心靈）的生命觀是一個綜合的觀點，而不是一個分解的觀點。生命不被分爲類和次類，它被感受爲一個不斷的連續的全體，不容許任何清楚明晰和截然的分別。不同領域之間的限制並不是不能超越的障礙；它們是流動的和波盪的。不同生命領域之間並沒有種類的區別。沒有任何事物具有一定的、不變的和固定的形狀。」同註 2，頁 93。

〔註 47〕「神話世界，可說比我們的事物與性質、實體與偶然的理論世界，在一個遠更流動波盪多多的階段狀態之上。爲了要把捉和描述這個分別，我們乃可以說，神話最初所看到的，不是客觀的性格而是觀相的性格。」同註 2，頁 88。

〔註 48〕同註 6，頁 280。

都是物類平等的觀點，這就是變形的基礎。

就變形的作用而言：從前述的先秦神話可知它們不僅停留在變形的基礎上，而具有較深刻的意義。死生、化生和感生的變形都具有「生」的特質，變形在死生的神話中，就變形之主體而觀，變形已具有再生的意涵，形體的更改即代表著生命的持續，就所變之物來看，變形未嘗不是對其產生的詮釋，如大鶚、鵕鳥、精衛鳥、䔄草、桃林、楓木等的由來。化生的變形則更具創造的性質，關涉著宇宙萬物的生成，而感生的變形，也是傳說人物誕生的源由，基此則知開天闢地、萬物起源、始祖誕生的神話傳說，都有「變形」的因子，若僅以其爲神話的一種分類，實不足展現其確切的意涵。故卡西勒認爲它是統治支配神話世界的律則，亦是神話世界中最突出的特色和性格。〔註49〕尤其從張光直爲中國神話作的嚴整定義來看，〔註50〕符合此定義的神話都有「變形」的因素，更可以支持卡西勒的說法。

就變形的特色而言：先秦神話出現的變形都是單方向的變形，且多爲一次變形，即經過一次變形易體後，便不恢復其原形，絕少出現西洋神話中以神力變化自己，且改變其他生命形體自主性強的變形，〔註51〕這樣的變形自不再是純然的超自然的能力，對於現實的關涉自然就深廣的多了，帶有強烈的解釋性色彩。

第二節　《莊子》寓言中的「化」

神話是初民集體的構思，即他們對事物所具有想法之表達。其中展現了「變形」律則。在《莊子》書中，我們也看到了類似神話變形的陳述，《莊子》往往

〔註49〕同註2，頁93。

〔註50〕張光直於〈商周神話之分類〉一文提出神話材料的三個標準：一、神話材料必須要包含一件或一件以上的「故事」。故事中必定有個主角，主角必定有行動。二、神話的材料必須要牽涉「非常」的人物或事件或世界——所謂超自然的，神聖的，或者是神秘的。三、神話從說述故事的人或他的同一個文化社會的人來看決然不是謊！且以神話爲其日常生活社會行動儀式行爲的基礎。同註11，頁289～290。

〔註51〕在西洋神話中有許多關於人類、萬物起源的變形神話，但亦有許多是神以其神力來達其願望的變形神話，而這種變形往往是可以變回原形的，是故變形只是一種神力的顯現，而不具任何深刻的意義，最明顯的例子是宙斯爲了追求女性，將一己變爲各種動物，甚至將對方變爲動物。詳見馮作民譯著，《西神話全集》（臺北：星光出版社，1985年）。

用「化」字來敘述。日本學者白川靜認爲莊子哲學的寓言含有神話性的思維，可以說是被隱藏了的神話，〔註 52〕譚達先也指出《莊子》鵾化爲鵬、莊周化爲蝴蝶等寓言，往往和神話中的「夸父化爲鄧林」、「鯀死化爲黃龍」、「女娃化爲精衛」人與異類可以互變相似。〔註 53〕而張亨先生更在比較了《山海經》和《莊子》的神話後，認爲神話爲《莊子》思想的淵源。〔註 54〕《莊子》之所以和神話相近，固然是其語言和神話的語言同具象徵的作用，但《莊子》畢竟是面對人生現實後經由理智體悟出來的哲學思想，因此那些類似變形神話的寓言，實蘊含了《莊子》的思想，《莊子》是以變動不居的道去看世界，其實道的本質就是「化」。是故須從其思想體系中去掌握「化」的意義。一般認爲郭本《莊子》的外、雜篇較晚出，未足能代表莊子思想，王叔岷先生認爲今本《莊子》分爲內、外、雜篇是郭象私意所定，雖內篇較可信，而未必盡可信，外、雜篇較可疑，而未必盡可疑，探求《莊子》舊觀，應破除今本內、外、雜篇之觀念。〔註 55〕故本節所討論範圍爲《莊子》全書中的思想。

一、《莊子》的物化觀

如果說神話中變形的基礎是「馬那」，那麼在道家思想中亦有一近似「馬那」的道。先秦諸子對於自然付出最多關懷的是道家，他們對天地萬物的形式予以客觀化的解釋，以「道」作爲宇宙的形上本體，並以之爲自然法則，生長萬物，主宰萬物的活動。《老子》以道爲形上的實體，宇宙萬物創生的根源是「道」。

> 有物混成，先天地生，寂兮寥兮，獨立不改，周行而不殆，可以爲天下母。吾不知其名，字之曰道，強爲之名曰大，大曰逝，逝曰遠，遠曰返。（《老子》二十五章）
>
> 道生一，一生二，二生三，三生萬物。（《老子》四十二章）〔註 56〕

道是先天地生，不變的獨立存在，它有作用，在其作用下，萬物得以生成，

〔註 52〕見白川靜著，王孝廉譯，《中國神話》（臺北：長安出版社，1983 年），頁 27。

〔註 53〕同註 5，頁 148。

〔註 54〕見張亨，〈莊子哲學與神話思想——道家思想溯源〉，《思文之際論集：儒道思想的現代詮釋》（臺北：允晨文化實業股份有限公司，1997 年），頁 101～149。

〔註 55〕見王叔岷，《莊學管闚》（臺北：藝文印書館，1978 年），頁 17～20。

〔註 56〕見樓宇烈校釋，《老子周易王弼注校釋》（臺北：華正書局，1981 年），頁 63～65，頁 117。

同時又歸向它。

莊子雖未具體地設想出一個創生的形上實體，但是在《莊子》書中可以看到類似的觀點。

> 夫道，有情有信，无爲无形，可傳而不可受，可得而不可見；自本自根，未有天地，自古以固存；神鬼神帝，生天生地；在太極之先而不爲高，在六極之下而不爲深，先天地生而不爲久，長於上古而不爲老。(《莊子・大宗師》)〔註57〕

道是超越時空的絕對存有，雖然道是無爲無形，但它無所不在，任何一物中都有道的存在。

> 東郭子問於莊子曰：「所謂道，惡乎在？」
> 莊子曰：「无所不在。」
> 東郭子曰：「期而後可。」
> 莊子曰：「在螻蟻。」
> 曰：「何其下邪？」
> 曰：「在稊稗。」
> 曰：「何其愈下邪？」
> 曰：「在瓦甓。」
> 曰：「何其愈甚邪？」
> 曰：「在屎溺。」
> 東郭子不應。莊子曰：「夫子之問也，固不及質。正獲之問於監市履豨也，每下愈況。汝唯无必，无乎逃物。至道若是，大言亦然。周、徧、咸三者，異名同實，其指一也。」(《莊子・知北遊》)

道是周遍於萬物的，道雖爲無但卻可於物中顯現。

由於物的本質皆有道，萬物在此觀點下就是平等而無差別的，所以「以道觀之，何貴何賤，是謂反衍。」(《莊子・秋水》)，「自其同者視之，萬物皆一也。」(《莊子・德充符》)，這個「齊物」的思想，就是《莊子》變形觀的基礎，《莊子》以「化」來詳釋物相的差別。

> 昔者莊周夢爲胡蝶，栩栩然胡蝶也，自喻適志與！不知周也。俄然覺，則蘧蘧然周也。不知周之夢爲胡蝶與！胡蝶之夢爲周與！周與

〔註57〕王叔岷，《莊子校詮》上冊（臺北：中央研究院歷史語言研究所，1988年），頁230。下文所引《莊子》悉依此本，不另註。

胡蝶，則必有分矣。此之謂物化。(《莊子・齊物論》)

經過了「化」的作用，同質之物便呈現了不同的形體，萬物皆是如此。

種有幾，得水則爲㡭，得水土之際則爲鼃蠙之衣，生於陵屯則爲陵舄，陵舄得鬱棲則爲烏足，烏足之根爲蠐螬，其葉爲胡蝶，胡蝶胥也化而爲虫，生於竈下，其狀若脫，其名爲鴝掇。鴝掇千日爲鳥，其名爲乾餘骨。乾餘骨之沫爲斯彌，斯彌爲食醯，頤輅生乎食醯，黃軦生乎九猷，瞀芮生乎腐蠸，羊奚比乎不箰久竹生青寧。青寧生程，程生馬，馬生人，人又反入於機。萬物皆出於機，皆入於機。(《莊子・至樂》)

從無至有，物物相化，又從有至無，萬物的類別就是在這循環的變形過程中形成。一如〈寓言篇〉所言「萬物皆種也，以不同形相禪，始卒若環，莫得其倫，是謂天均。」這就是「循環異變論」，〔註 58〕也就是《莊子》書中呈現的「物化」觀。若以「物化」的觀點來看生死，生死也就混然無別了。由〈大宗師〉中子祀、子輿、子犁、子來的對話正表現了這個觀點。

子祀、子輿、子犁、子來四人相與語曰：「孰能以无爲首，以生爲脊，以死爲尻。孰知死生存亡之一體者，吾與之友矣。」四人相視而笑，莫逆於心，遂相與爲友。俄而子輿有病，子祀往問之，曰：「偉哉！夫造物者，將以予爲此拘拘也？」曲僂發背，上有五管，頤隱於齊，肩高於頂，句贅指天。陰陽之氣有沴，其心閒而无事。跰𨇤而鑑於井，曰：「嗟乎！夫造物者又將以予爲此拘拘也！」子祀曰：「女惡之乎？」曰：「亡，予何惡！浸假而化予之左臂以爲雞，予因以求時夜；浸假而化予之右臂以爲彈，予因以求鴞炙；浸假而化予之尻以爲輪，以神爲馬，予因而乘之，豈更駕哉！」……俄而子來有病，喘喘然將死，其妻環而泣之。子犁往問之，曰：「叱！避！无怛化！」倚其户與之語曰：「偉哉造化！又將奚以汝爲？將奚以汝適？以汝爲鼠肝乎？以汝爲蟲臂乎？」……

就現存的軀體而言是「死」，而對所變之物而言卻是「生」，所以說「方生方死、方死方生」(〈齊物論〉)，生死本是一體的。在生死的問題上，莊子提出了更具體的「氣」來顯現道，而更清楚地說明了物化的觀點。

〔註 58〕見李約瑟著，陳立夫主譯，程滄波譯，《中國之科學與文明》(二)，〈道家與道教〉(臺北：臺灣商務印書館，1975 年)，頁 122。

> 生也死之徒，死也生之始，孰知其紀！人之生，氣之聚也，聚則爲生，散則爲死。若死生爲徒，吾又何患！故萬物一也，是其所美者爲神奇，其所惡者爲臭腐；臭腐復化爲神奇，神奇復化爲臭腐。故曰「通天下一氣耳」。（〈知北遊〉）

雖然從「通天下一氣耳」來看，氣似同於道，但〈至樂篇〉的一段話，卻可看出道、氣、形之關係。

> 察其始而本无生；非徒无生也，而本无形；非徒无形也，而本无氣。雜乎芒芴之間，變而有氣，氣變而有形，形變而有生，今又變而之死。

故我們雖可說物化即萬物形體之變，是氣化的作用，但氣仍是從道而來，道氣雖不離，道雖由氣來顯現，但氣絕不是道。

現世的生死由物化觀來看，只不過是道「假於異物，託於同體」（〈大宗師〉）的顯現，人之形體也不過是萬化中一個短暫的居止。

> 人生天地之閒，若白駒之過卻，忽然而已。注然勃然，莫不出焉；油然漻然，莫不入焉。已化而生，又化而死。（〈知北遊〉）

所以人不必太執著於自己的形體，順應變化，才能與「道」冥合，所謂「與物化者，一不化者也」（〈知北遊〉）。《莊子》特別強調「喪我」、「離形」、「墮肢體」，而其理想人格是「至人無己」，人唯有擺脫主觀的自我形體，方能得到絕對的逍遙，由此「道」也變成了一種精神境界。

《莊子》的哲學實爲一種境界的哲學，這個境界就是「上與造物者遊，下與外死生无終始者爲友。」（〈天下〉）的精神逍遙的境界，而要達到這個境界須「獨與天地精神往來，而不敖倪於萬物」（〈天下〉），即齊萬物，一生死，將一己的生命委於大化之中。事實上，《莊子》就是以道爲本體的宇宙觀來建立其境界哲學的，但必須由個體體悟出萬物的生滅形成皆是「化」，其後仍是有一不變的「道」，方達此境界。

由前述可知，《莊子》所謂的「化」可以從兩種角度來分析，一是物體本身的生滅爲氣之聚散是「化」，另一種是物與物間本質相同，形體上差異也是「化」，實際上這兩種「化」是合而爲一的，對「此」而言是「散」，對「彼」而言卻是「聚」了，反之亦是，宇宙萬物便是在此相續的循環變動下形成。今試以圖示之。

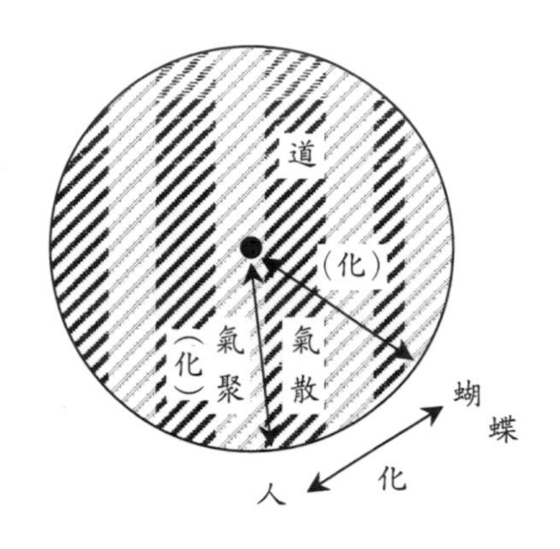

二、《莊子》的「化」與神話「變形」之異同

（一）就語言層次而言

初民的變形神話和《莊子》有關「化」的寓言都是一種心理的象徵，透過語言以隱喻的方式傳達其對宇宙萬物的想法，若不顧變形神話的現實基礎，而據變形神話是「潛意識心靈藉著語言中隱喻的原則來把心靈和世界融合在一起，以獲得自我平衡」的說法，〔註 59〕則《莊子》以語言中的隱喻表達出與萬物冥合的境界，二者在象徵意義上，竟有不約而同的歸趨，這是一個巧合，也可說是《莊子》眞正做了一次徹底的回歸。《莊子》尚自然，其精神竟與初民的心靈相應，如果說神話的變形基礎在人類對於事物無類別的概念，那麼《莊子》由已知走入無知的思想，正是其大智慧的呈現。

（二）就變形本身而言

若完全拋卻莊子的思想，從《莊子》所述的「化」之寓言而觀，我們是可以在《莊子》與神話之間劃上等號的，尤其那些詮釋萬物生成的變形敘述，幾可歸於「化生變形」之下，只是其中並沒有一個創生的神而已。而死後而化的寓言，與「死生變形」亦可同觀。事實上《莊子》的「化」和神話的「變形」一樣，同具有「生」之意涵，然而除了思想背景因素外，《莊子》的「化」還是與神話中的「變形」有著不同的。《莊子》的「化」是偶然的，而神話的「變形」是必然的，雖然變形神話的基礎在綜合的生命觀，但神話是建立在現實的基礎上，從上一節所述的死生、化生、感生的神話中，可知變形物和

〔註 59〕 見鄭恆雄，〈神話中的變形：希臘及布農族神話比較〉，《中外文學》第 3 卷第 6 期（1974 年 11 月），頁 88～103。

所變之物間皆有必然的關係。而《莊子》中的「化」是偶然的，物與物之間沒有類別，完全是氣的短暫凝聚，偶然的聚，偶然的散，人化爲蝴蝶，或蝴蝶化爲人，都是偶然的，兩者沒有什麼必然的關係。而由於這個緣故，神話的變形多爲單向的變形，變形之後便爲永恆的形體，變形律則還是有條件的運用。而《莊子》的「化」是不固定的，無時不化的，也可說是一種「多向變形」。

（三）就對後世的影響而言

神話是人類心理的產物，人類的心理既具有永恆性，所以人類的同情、好奇、塑造人物傳奇等心理是不會停息的，是故相類於先秦神話的故事，是會不斷地產生，後世小說中便看到先秦神話精神遺蛻的故事。而《莊子》以形上的「道」貫通萬物，並以「氣」的觀念作具體的陳述，這個代表「道」之作用的「氣」，深深地影響了漢代氣化的思想，以氣成爲構成宇宙萬物的抽象元素，而此氣化宇宙論的觀點，也被六朝文士用來解釋六朝小說變形產生的理論依據，詳細的論述見下章。

第三章　六朝小說中奠基於先秦神話心理的變形觀

本書在第二章中探討了先秦神話的變形觀，主要是由神話產生的動機去把握先秦神話的內涵，而側重動機的探討所循的路線是人類的心理。L. White 認爲對初民而言，神話的機能是心理上的，初民以超自然主義的幻想來克服生命轉變無常及人生所遭遇的種種悲喜。〔註 1〕由第二章所得之結論可得死生的變形神話正反映了這樣的一個觀點。擴而論之，化生的變形神話詮釋宇宙的創生，以滿足初民探索宇宙形成的心理；感生的變形神話賦予始祖和特殊人物不凡的出生，亦出之於初民塑造非凡人物的心理。兩者亦同樣地反映出神話的心理機能。雖然我們不能完全以心理功能去詮釋所有的神話，但是從變形神話中卻看到了這樣的事實。

李劍國先生在論述中國小說的起源時，特別提到關於神靈變化的觀念和表現形式，爲志怪奠定了幻想的基礎，在志怪小說中神怪的變化日益成爲構成情節的重要因素，而其卻是以神話的變化爲基礎，〔註 2〕似將「變化」視爲神話留傳給志怪小說的重要因子，從神話的變形到《莊子》的物化觀，以至六朝小說各種變形故事，從思想的理路，可找到其傳承之脈絡，詳細的論述見下章。而就初始的神話心理而言，六朝的小說中是否有完全相應於此素樸心理的題材呢？

〔註 1〕有關 L. White 的說法，轉引自金善子，《中國古代神話中的悲劇英雄》（臺灣大學中國文學研究所碩士論文，1985 年），頁 33。

〔註 2〕見李劍國，《唐前志怪小說史》（天津：南開大學出版社，1984 年），頁 40。

在六朝小說中，有許多變形神話的出現，如精衛、蓄草、夸父、鯀的故事，〔註 3〕那只是內容的承襲，爲六朝小說作者搜羅奇聞異事的結果。然細索六朝小說，卻可見不同的題材，顯現了先秦的神話心理。

第一節　死生變形神話心理的延續

在六朝小說中出現了許多則不帶任何宗教色彩，完全因個體強烈的意志，致使死後化爲另一物類的個體，並繼續持有本具的生命質性，甚而去完成生前未遂心願的故事。這些故事幾可說是死生的變形神話的翻版，因其同爲與環境抗爭，非願而卒的生命轉化，二者皆流露著強烈的意志，不過神話的主人翁是神，而此類故事的主角是有名有姓的凡人，是爲民間的傳說故事，且其強烈的意志重心主在於對情感的堅貞。其中尤以《搜神記》卷十一的韓憑故事爲典型之作：

> 宋康王舍人韓憑，娶妻何氏，美，康王奪之。憑怨，王囚之，論爲城旦。妻密遺憑書，繆其辭曰：「其雨淫淫，河大水深，日出當心。」既而王得其書，以示左右，左右莫解其意。臣蘇賀對曰：「其雨淫淫，言愁且思也；河大水深，不得往來也；日出當心，心有死志也。」俄而憑乃自殺。其妻乃陰腐其衣。王與之登臺，妻遂自投臺，左右攬之，衣不中手而死。遺書於帶曰：「王利其生，妾利其死。願以屍骨，賜憑合葬。」王怒，弗聽。使里人埋之，冢相望也。王曰：「爾夫婦相愛不已，若能使冢合，則吾弗阻也。」宿昔之間，便有大梓木生於二冢之端，旬日而大盈抱，屈體相就，根交於下，枝錯於上。又有鴛鴦，雌雄各一，恒棲樹上，晨夕不去，交頸悲鳴，音聲感人。宋人哀之，遂號其木曰「相思樹」。相思之名，起于此也。南人謂此禽即韓憑夫婦之精魂。今睢陽有韓憑城，其歌謠至今猶存。〔註 4〕

夫婦不得相守以終，死後精魂化爲比翼鴛鴦，顯現出補償的訊息。《述異記》

〔註 3〕精衛填海的神話見於《述異記》。蓄草故事見於《搜神記》卷 14。此外，《博物志》卷 3 所言的詹草即爲蓄草。夸父故事見於《博物志》卷 7。鯀的故事見於《拾遺記》卷 2。

〔註 4〕見晉・干寶撰，汪紹楹校注，《搜神記》（臺北：里仁書局，1999 年），頁 141～142。下文引用《搜神記》皆依此本，不另註。

中陸東美、潘章的故事亦可同觀。唯二者故事情節簡略，故不及韓憑故事深刻。

此外，婦人相思致死，死後化爲足以表現其心志之物的故事，亦於六朝小說中常見，如《述異記》中的相思木故事和爲眾小說所引的望夫石傳說：

> 昔戰國時，魏國苦秦之難。有以民從征，戍秦久不返，妻思而卒。既葬，塚上生木，枝葉皆向夫所在而傾，因謂之相思木。〔註5〕

> 武昌新縣北山上有望夫石，狀若人立者。傳云：昔有貞婦，其夫從役，遠赴國難；婦攜幼子，餞送此山，立望而形化爲石。〔註6〕

上述故事皆極深刻的流露出個人的意志和精神力量，這份心志亦成爲其死後化形的主因，同時從中也呈現出人類補償心理。但是並非所有死後化爲他物，而仍保其原質性的變形故事都含有這樣的意義，例如《述異記》中懶婦魚的故事：

> 在南有懶婦魚。俗云：昔楊氏家婦，爲姑所溺而死，化爲魚焉。其脂膏可燃燈燭，以之照鳴琴博奕，則爛然有光，及照紡績，則不復明焉。〔註7〕

故事似僅以變形來詮釋物類之起源，而沒有任何意志不折的深刻度。此外《述異記》所載的宮人草亦可同觀。

上述的六朝小說變形故事，其具有如下之意涵：

一、非願而卒的生命，死後化爲他物存在，其原動力則在於個體的強烈意志。

二、所變之物仍保有生命原具的質性，並於其中透露出補償的訊息。

三、這一類的變形故事多用以解釋地理名物的起源。

就此而觀，其與先秦死生的變形神話之意涵極爲相近，二者之所以呈現變形，可從相同的角度去思索。

第二章所論述的死生變形神話，除了可釋爲初民逃避困境——死亡的意

〔註5〕梁・任昉，《述異記》，卷上，收入明・程榮校刊，《漢魏叢書》（臺北：新興書局，1970年），頁1538。

〔註6〕魏・曹丕，《列異傳》，引自魯迅輯錄，《古小說鉤沈》，《魯迅輯錄古籍叢編》（北京：人民文學出版社，1999年），第一卷，頁137。《幽明錄》亦錄有此則故事，見《古小說鉤沈》，《魯迅輯錄古籍叢編》，第一卷，頁177。

〔註7〕同註5，頁1538。

識外，亦從進一步地追究中，落實於初民對於失敗者的同情心理，以變形代替死亡。無論從那一種角度，二者皆反映出初民以幻想克服生命的無常和悲喜的心理。樂蘅軍先生認爲變形是富於創造性的幻想，在變形中，人獲得改變命運的能力。〔註8〕同時這樣的心理仍存在於文明人的意念之中：

> 變形的幻想運用，卻使人類精神從危急，恐懼的苦痛中解脫出來，重新開拓一個新的生存機運。其實這以變形來解救人生危境的心理，已沉澱在人類潛意識中，所以神話時代以後，變形的心理模擬，還是生動地時常在文明人的意念中出現。〔註9〕

樂蘅軍先生的論述重點是在變形逃脫人生困境的心理機能，在六朝小說中出現的變形，其出發點幾全同於死生變形神話所流露的同情心理，亦即是對那些有強烈意志，卻非願而死的生命，予以死後的補償，以另一種物形來宣告他們的心志。如因相思致死者，化爲相思木；其心堅如磐石者，化爲石。其間的補償心理尤進於神話。尤其是韓憑夫婦的故事，因其生不得相聚，死後墳上生出「根交於下，枝錯於上」的相思樹；而其精魂化爲「恒棲樹上，……交頸悲鳴」的鴛鴦，相思樹和鴛鴦都是深情相守的意象，適足以表達二人堅貞不移的情感，即藉由死後的精魂變形，來了卻前生未遂的心願，自此而後永不分離。這樣的神話情節，一直出現於中國受挫的愛情故事中，〔註 10〕充分地宣洩了人們的補償心理。

變形於此極度發揮了其補償之意涵，在當時除了小說中的資料外，尚有許多類似的傳聞，其中最有名的就是杜宇化鳥的故事。有關杜宇的傳說，見於《蜀王本紀》，因其與治水有功的鼈靈之妻通，而委國授之而去，其去時，子鵑鳴，故蜀人悲子鵑鳴而思望帝。文中未述及杜宇魂靈化鳥，然於《說文》中，於四上佳部「巂」字下云：「蜀王望帝婬其相妻，慙亡去，爲子巂鳥，故蜀人聞子巂鳴，皆起曰是望帝也。」據《爾雅音義》子巂即子規，即杜鵑，

〔註 8〕見樂蘅軍，〈中國原始變形神話試探〉，《古典小說散論》，頁 30～31。

〔註 9〕同前註，頁 31。

〔註10〕董挽華於其〈「韓朋賦」的生命交感和悲壯感〉一文中言：「許多中國民間家傳戶曉的愛情故事是透過挫傷來展呈的：……挫傷最能驗證他們的相愛不渝。即或受挫而致肉體毀滅，而經由蛺蝶聯翩，鵲雀相會，綠樹連理，鴛鴦比翼種種神話情節，他們更緜延恆常地成爲『愛是永不止息的明證』。」收錄於葉慶炳先生編，《中國古典小說的愛情》（臺北：時報文化公司，1976 年），頁 89。

〔註 11〕《說文》引述民間傳說解釋子巂的由來，可見當時已有杜宇化鳥之說，而後於《太平寰宇記》中所述杜宇故事，都有此一情節。〔註 12〕另於曹植〈貪惡鳥論〉中，亦敘述了一則人化鳥的故事，孝子伯奇因後母讒言，被其父枉殺後化鳥歸來。〔註 13〕這些故事皆可與上述變形故事同觀，都是悲劇，卻顯露了主角人物的生命力量，因得以借另一形體而長存，此當然是民眾同情心所致。

這些變形故事除了承續先秦變形神話的同情心理外，其亦有詮釋名物來由的意義，尤其是懶婦魚、宮人草二則純粹出於此動機。此外，亦可視韓憑夫婦故事及《述異記》中相思木故事爲「相思樹」的由來傳說。這一點亦爲初民詮釋萬物來源心理的延續。

從心理機能探索這些六朝小說的變形故事，是如此趨近於先秦的死生變形神話，但是深究二者的變形基礎，卻非一致。這些六朝小說的變形，不是基於人類學者所推溯出來的原始生命——馬那或精靈，而是經由類似精靈的「精魂」這個由民族傳統中所滋生的概念，作爲變形主體與所變之物的橋樑，如在韓憑故事中，就明白地敘述鴛鴦爲韓憑夫婦之精魂。精魂的觀念近似於精靈，但較後者更具獨特性，即它不具普遍性的意義，而是專屬某一生命的。精魂的觀念是後人追溯死後的問題，所建構的理論。錢穆先生和余英時先生對此都有詳細的論述，〔註 14〕不過由此而觀，精魂的變形故事，除了流露出初民的神話心理外，亦難免受到文明進展的影響，而帶有一些理性的色彩。

在人類必然邁向文明的趨勢之下，並未完全拋棄其最初對世界、生命所採的思考方式和態度，儘管其中多爲不合理的因素，由於它的承續，成就了六朝小說中一些變形的故事。樂蘅軍先生對於這樣的現象，是作如下之解釋：

> 在人們心靈不全受理性約制、能夠讓感性盡情自由活動的場所（比

〔註 11〕見漢・許愼撰，清・段玉裁注，《說文解字注》，頁 143。

〔註 12〕杜宇傳說始見於《蜀王本紀》，爲漢・揚雄所撰，今佚，《全上古三代秦漢三國六朝文》中有輯，晉・常璩的《華陽國志・蜀志》亦列，而《太平寰宇記》中的記載於今不見，而見於《重編說郛》卷 6。

〔註 13〕見清・嚴可均輯，《全上古三代秦漢三國六朝文》（北京：中華書局，1958 年），第 2 冊，《全三國文》，卷 18，頁 1150～1151。

〔註 14〕見錢穆，〈中國思想史中之鬼神觀〉，《靈魂與心》（臺北：聯經出版事業公司，1976 年）。和余英時，〈中國古代死後世界觀的演變〉，《中國思想傳統的現代詮釋》（臺北：聯經出版事業公司，1987 年）。

方宗教、文學、藝術），神話仍然是賦有情操的生命。特別在中國古典小說中，神話以各種姿態滋生著。〔註 15〕

而值得注意的是，六朝小說的作者對於具有神話傳說性質的內容，是採取信實的態度。〔註 16〕

第二節　感生變形神話心理的承衍

在六朝小說中除了出現相應於先秦死生變形神話的變形故事外，亦可見變形在種族起源和重要人物誕生之蹟中居關鍵地位的故事，而與先秦的感生變形神話遙相呼應。有關民族起源的故事，就是《搜神記》卷十四的盤瓠故事，詳細敘述出蠻夷的起源：

高辛氏，有老婦人居於王宮，得耳疾歷時。醫爲挑治，出頂蟲，大如繭。婦人去後，置以瓠蘺，覆之以盤，俄而頂蟲乃化爲犬，其文五色，因名「盤瓠」，遂畜之。時戎吳強盛，數侵邊境。遣將征討，不能擒勝。乃募天下有能得戎吳將軍首者，購金千斤，封邑萬户，又賜以少女。後盤瓠銜得一頭，將造王闕。王診視之，即是戎吳。爲之奈何？羣臣皆曰：「盤瓠是畜，不可官秩，又不可妻。雖有功，無施也。」少女聞之，啓王曰：「大王既以我許天下矣。盤瓠銜首而來，爲國除害，此天命使然，豈狗之智力哉。王者重言，伯者重信，不可以女子微軀，而負明約于天下，國之禍也。」王懼而從之。令少女從盤瓠。盤瓠將女上南山，草木茂盛，無人行跡。於是女解去衣裳，爲僕豎之結，著獨力之衣，隨盤瓠升山入谷，止于石室之中。王悲思之，遣往視覓，天輒風雨，嶺震雲晦，往者莫至。蓋經三年，產六男六女。盤瓠死後，自相配偶，因爲夫婦。織績木皮，染以草實，好五色衣服，裁制皆有尾形。後母歸，以語王，王遣使迎諸男女，天不復雨。衣服褊褳，言語侏儷，飲食蹲踞，好山惡都。王順其意，賜以名山廣澤，號曰「蠻夷」。蠻夷者，外癡內

〔註 15〕見樂蘅軍，〈從荒謬到超越〉，《古典小說散論》，頁 229。

〔註 16〕小川環樹的〈中國魏晉以後（三世紀以降）的仙鄉故事〉，收錄於《中國古典小說論集》第一輯（臺北：幼獅文化事業公司，1975 年），李豐楙的〈六朝精怪傳說與道教法術思想〉，收錄於《中國古典小說研究專集》（3）（臺北：聯經出版事業公司，1981 年），皆有如此的見解。

點，安土重舊，以其受異氣於天命，故待以不常之律。田作賈販，無關繻符傳租稅之賦；有邑君長，皆賜印綬；冠用獺皮，取其遊食于水。今梁、漢、巴、蜀、武陵、長沙、廬江郡夷是也。用糝雜魚肉，叩槽而號，以祭盤瓠，其俗至今。故世稱「赤髀橫裙，盤瓠子孫」。

此事亦見於《後漢書・南蠻西南夷列傳》中，但已刪去盤瓠出身一段。〔註 17〕然而於民間的傳說中，經由高辛老婦人的頂蟲化犬的變形過程，更加強了蠻族實爲高辛氏後裔的意念，袁珂更認爲此老婦人實爲高辛之后妃，其耳中之蟲化爲犬與少女通婚，正說明了原始時代血親婚配之制。同時從盤瓠爲犬一點而觀，亦具有圖騰崇拜的性質，故他推測此一傳說出現應早。〔註 18〕由文中所述蠻夷「好五色衣服，裁制皆有尾形……衣服褊褳，言語侏僑，飲食蹲踞，好山惡都。」而觀，似更能說明此故事所含的圖騰信仰。然以另一個角度來看，更可表示在中土之人的眼中，蠻夷爲人獸合婚之後裔，故言其「受異氣於天命。」在《後漢書・南蠻西南夷列傳》中敘述哀牢夷的推原故事，則與此說相近，不過哀牢夷之始祖是一女感龍化之枕木而生，故其族皆刻劃龍紋於身，並衣皆著尾，非常清晰地顯示其爲龍之圖騰信仰。

在先秦神話中有關民族起源的神話，重點放在始祖感生之神蹟上，對於其後裔與所信仰圖騰的關係卻未置一言。至於重要人物的感生的神異，在六朝小說亦有類似的記載，如《搜神記》卷十四中，夫餘國之王東明是感氣而生，又徐嗣君的卵生，更隱含其源非人之屬，二者亦更因此神異與后稷一樣見棄，卻奇蹟地存活，成爲一國的開國君主。這些故事亦呈現了先秦感生神話的心理，即以變形賦予關鍵人物傳奇性，其日後的事蹟於出生時就已注定。

盤瓠故事中的信仰，即原始心靈對其來源的詮釋，同時在六朝小說中也出現了感生傳說，不過在盤瓠故事中已提出蠻夷「受異氣於天命」，似又爲蠻夷之特殊性立下一解說根由，而此「氣」的觀念是先秦神話所未見的。

在第二章所論及的感生神話，其始殆爲素樸的圖騰信仰，但初民對於不平凡人物的出生附加上神秘色彩之心，亦昭然可見。而後之史傳中仍可見擬

〔註 17〕南朝宋・范曄撰，唐・李賢等注，《後漢書・南蠻西南夷列傳》（臺北：鼎文書局，1983 年），卷 86，頁 2829～2830。

〔註 18〕見袁珂，《古神話選釋》（臺北：長安出版社，1986 年），頁 221～222。

似的聖誕事跡，可說是同樣心理的延續，實爲統治者利用來建立、轉移、維持權力，從其由直接的感生漸轉化爲經由「夢」的間接感生，〔註 19〕便可知其已漸失神話的性質。〔註 20〕

在人類邁向文明的進程中，智慧的開發使得人類對於宇宙萬物有了知性的理解，是故對於宇宙萬物的現象予以哲學或科學的詮釋，而非施以神話的思維方式。但是由於哲學或科學知識的發展未足囊括所有存在的現象，同時更由於人類感覺的恆常性，神話的思維並未隨著文明的拓展而消逝，它仍沈澱於人類的心靈領域，正如樂蘅軍先生所言：

> 當古代神話喪失素樸的信仰以後，神話只是做了部份性質的變遷，而不是全部的蛻變或消失；因爲神話的一些基本事物，它的超感官性題材，和非邏輯性的特異語言，並沒有從人類心靈中排除淨盡，……。〔註 21〕

神話的思維既存留於人類的心靈，其心理的機能必然繼續運作於生命的活動之中。從六朝小說中出現的變形故事就可證明，不過在人類以此素樸心理感受周遭事物時，又不可避免的加上了一些知性的概念，如精魂、氣等觀念，即在內涵上又較先秦神話豐富了一些，不過原始的神話心理仍爲上述變形故事的主體，故就心理機能而言，仍然是和先秦神話站在同一基點之上。它們是由人類心理所建構的，具有補償、詮釋始祖起源的意義，都帶有神話所具之說明性。〔註 22〕

〔註 19〕 見吳彰裕，《歷代興業帝王政治謎思之研究》（中山大學中山學術研究所碩士論文，1985 年）之附表三——誕聖一覽表。

〔註 20〕 林惠祥曾言及神話的表面通性之一爲實在的性質，即神話是被信爲確實的紀事。見氏著，《神話論》，頁 2。

〔註 21〕 同註 15，頁 229。

〔註 22〕 林惠祥認爲「說明性」亦爲神話所具有內在的通性之一，同註 20。

第四章　六朝小說中由漢代氣化宇宙論所發展出來的變形觀

在前章論述六朝小說的部份變形故事，幾為先秦變形神話的衍生，至於有關宇宙萬物化生的變形，除了三國時徐整《五運歷年紀》記述盤古開天的故事外，在六朝小說中未出現以變形去詮釋宇宙萬物創生的記述，實因在當時已建構了一個形上的宇宙論，事實上這個理論也影響了盤古開天的故事。六朝小說的作者甚而以之解釋小說中諸多的變形故事，為變形建立了形上根由，而成一理論，此與素樸的神話心理設想一化生萬物的主宰實有天壤之別，而是文士們在接受了一系統化的宇宙論後，所具有的知識概念，對於人間的異象，提出解釋。在《搜神記》卷十二之首便出現了一則完整的〈變化論〉，根據汪紹楹先生的考訂，此論具有序之作用，即干寶作此論即欲以之解釋其所集述的變形故事，〔註1〕因此，掌握〈變化論〉的觀點，便能明白當時文士對神異之事的一個認知角度。

干寶並非是首以形上哲思來闡釋萬物形變者，在漢代已見以氣化的思想去討論這個問題，事實上干寶承襲了漢代的觀念，發展出這一則理論，由〈變化論〉中文字諸多部份與漢代典籍相同，便可見一斑，然而由於干寶為《搜神記》的撰述者，而在〈變化論〉中也建立了一完整的體系，是故更突顯出此論的重要，至於其理論架構如何設立？即漢代的氣化觀念，何以能發展出變形觀？又此氣化論所推衍出的變化觀與《莊子》的物化觀有什麼關係？又干寶的〈變化論〉所指涉的變形故事是什麼？以〈變化論〉詮釋這些變形故事，揭示了什麼意義？這些都是本章所欲討論的重點。

〔註 1〕見晉・干寶撰，汪紹楹校注，《搜神記》，頁 147。

第一節　干寶〈變化論〉

〈變化論〉大抵以氣化的宇宙論為論說基礎，萬物稟氣受形，形成性定，基此，而推得形性之變，是由於氣之變易。而氣的變動又有正常、反常之別。

一、五氣化形，形成性定之說的立論根由

基本上，干寶認為萬物由天之五氣化成，五氣各因清濁而定其性，萬物稟受清濁不同的五氣而具不同的形性，而氣之類別亦與地域有關。同時認為物依其性而相從：

> 天有五氣，萬物化成。木清則仁，火清則禮，金清則義，水清則智，土清則思，五氣盡純，聖德備也。木濁則弱，火濁則淫，金濁則暴，水濁則貪，土濁則頑，五氣盡濁，民之下也。中土多聖人，和氣所交也；絕域多怪物，異氣所產也。苟稟此氣，必有此形；苟有此形，必生此性。故食穀者智慧而文，食草者多力而愚，食桑者有絲而蛾，食肉者勇憿而悍，食土者無心而不息，食氣者神明而長壽，不食者不死而神。大腰無雄，細腰無雌。無雄外接，無雌外育。三化之蟲，先孕後交；兼愛之獸，自為牝牡。寄生因夫高木，女蘿托乎茯苓。木株于土，萍植于水。鳥排虛而飛，獸蹠實而走，蟲土閉而蟄，魚潛淵而處。本乎天者親上，本乎地者親下，本乎時者親旁：各從其類也。

「木清則仁」至「土清則思」等五句大意同於鄭玄《禮記・中庸注》，亦見於《白虎通義・情性篇》，而「故食穀者」至「不食者不死而神」等七句大意，亦同於《大戴禮・本命篇》、《淮南子・地形篇》和《孔子家語・執轡篇》，且「本乎天者親上，本乎地者親下」二句亦見於《易・文言傳》。〔註2〕據此而論，這一段論物類稟氣受形，形成性定，各為其類的論述，大抵為漢代人的思想。

氣化哲學是漢代思想的重心，以氣為天地萬物構成的元素，並添加了陰陽五行的觀念，將此一元之氣分為陰、陽、金、木、水、火、土等生化之氣，進而賦予其道德意義的性質，並基於氣類相感的原則，推衍至人事之上。

〔註2〕此為汪紹楹所考定，同前註，頁147～148。

（一）陰陽之氣化論

《莊子》以氣之聚散言萬物的生死，實因道不可言說，故以較具體的氣來說明道的作用，以氣的聚散作爲萬物轉化的原因，其目的乃在於以「遊乎天下之一氣」（〈大宗師〉）的觀念去超越現象界之種種類別，以達到天地萬物合一的境界。然而在〈田子方〉中則出現了代表天地萬物生成的基本元素——陰陽：

> 至陰肅肅，至陽赫赫，肅肅出乎天，赫赫發乎地，兩者交通成和而物生焉。或爲之紀，而莫見其形。消息滿虛，一晦一明，日改月化，日有所爲，而莫見其功。

此處所言之陰陽，近似《易傳》中的陰陽，代表兩種相對的勢力，〔註3〕但已爲純然客觀抽象的宇宙元素。此則亦見於《淮南子・覽冥篇》，殆爲後出的說法，因此二元的創生論與《莊子》一氣之道的物化觀有所不同。《淮南子》則出現了綜合此兩種說法的完備而有系統的氣化宇宙論，以道爲萬物的本源，並將道的內容，具體規劃成陰陽二氣，作爲天地萬物形成的元素：

> 天墬未形，馮馮翼翼，洞洞灟灟，故曰太昭，道始于虛霩，虛霩生宇宙，宇宙生氣，氣有涯垠，清陽者薄靡而爲天，重濁者凝滯而爲地，清妙之合專易，重濁之凝竭難，故天先成而地後定，天地之襲精爲陰陽，陰陽之專精爲四時，四時之散精爲萬物，積陽之熱氣生火，火氣之精者爲日，積陰之寒氣爲水，水氣之精者爲月，日月之淫爲精者爲星辰。……天之偏氣，怒者爲風，地之含氣，和者爲雨，陰陽相薄，感而爲雷，激而爲霆，亂而爲霧，陽氣勝則散而爲雨露；陰氣勝則凝而爲霜雪。（〈天文篇〉）〔註4〕

此一宇宙論，以道爲本源，然自天地以下，無物不由氣化而成，同時也揭示陰陽二氣不同的作用，產生性質不同的氣，以成萬物，如在〈本經篇〉所言：「陰陽者，承天地之和，形萬殊之體，含氣化物，以成埒類。」不同的氣形成不同的物類，〈精神篇〉中更以氣之異，分人虫之別，「煩氣爲蟲，精氣爲人」。《淮南子》的氣化宇宙論已具體地把萬物創生納於氣化作用，且認爲氣

〔註3〕見梁啓超，〈陰陽五行說之來歷〉，收錄於顧頡剛編，《古史辨》（上海：上海古籍出版社，1982年），第5冊，頁348～349。

〔註4〕漢・劉安撰，劉文典集解，《淮南鴻烈集解》，卷3，葉1～2。下文所引《淮南子》，皆依據此本，不另註。

之不同，所形成之物體有別，這正意味著氣易形變的可能，同時在分別氣之類別時，亦定了物之類別，含有評價的意義，這和《莊子》以氣通乎天下之物的平等觀，顯然不同。

（二）陰陽五行之氣性論

在《淮南子》以後的漢代思想家，多以陰陽五行構成的自然秩序，言人之氣性。

《淮南子》建立了一套氣化的宇宙論，具體地以陰陽的作用說明萬物的形成。雖然在〈天文篇〉、〈地形篇〉中提及五行相生相勝之理，但未將之施於宇宙創生的過程。而在《呂氏春秋》中已出現了具象性的陰陽五行之氣，〔註5〕配合著四時，週而復始的循環，是爲鄒衍的遺說，〔註6〕其中〈應同篇〉實爲五德說的演化，由內容上來看，殆爲《史記．孟子荀卿列傳》中所提到的「終始、大聖之篇」。〔註7〕《呂氏春秋》所言的陰陽五行之氣多配合著四時，言其循環終始，〔註8〕然從其他篇章亦可見陰陽爲造化天地的元素：

> 凡人物者，陰陽之化也。陰陽者，造乎天而成者也。（〈知分篇〉）
>
> 天地陰陽不革，而成萬物不同。（〈執一篇〉）

漢代的董仲舒首將陰陽五行密切結合，承襲《呂氏春秋．十二紀》紀首，更有系統的將之與四時四方配合來說明宇宙：

> 天地之氣，合而爲一，分爲陰陽，判爲四時，列爲五行。行者，行也，其行不同，故謂之五行。（《春秋繁露．五行相生第五十九》）〔註9〕

〔註5〕即五氣仍具有其物質特性，例如〈應同篇〉中言木氣盛是由於草木不殺，見徐復觀，《兩漢思想史》卷二（臺北：學生書局，1976年），頁20～21。

〔註6〕胡適、徐復觀、王夢鷗都有此見解，見胡適，《中國中古思想史長編》（臺北：胡適紀念館，1971年），頁42；徐復觀，《兩漢思想史》卷二，頁8；王夢鷗，《鄒衍遺說考》（臺北：臺灣商務印書館，1966年），頁46。

〔註7〕漢．司馬遷撰，《史記》，卷74，頁2344。

〔註8〕《呂氏春秋．十二紀》紀首言：「孟春之月：……某日立春，盛德在木。（〈孟春紀〉）」、「孟夏之月：……某日立夏，盛德在火。（〈孟夏紀〉）」、「季夏之月：……中央土。（〈季夏紀〉）」、「孟秋之月：……某日立秋，盛德在金。（〈孟秋紀〉）」、「孟冬之月：……某日立冬，盛德在水。（〈孟冬紀〉）」，見陳奇猷，《呂氏春秋校釋》（臺北：華正書局，1985年），頁1，頁185，頁311～312，頁375，頁515。

〔註9〕漢．董仲舒撰，清．凌曙注，《春秋繁露注》（臺北：世界書局，1970年），頁302。下引《春秋繁露》皆依此本，不另註。

> 陽氣始出東北而南行，就其位也；西轉而北入，藏其休也。陰氣始出東南而北行，亦就其位也；西轉而南入，屏其伏也。是故陽以南方爲位，以北方爲休；陰以北方爲位，以南方爲伏。陽至其位而大暑熱，陰至其位而大寒凍。(《春秋繁露．陰陽位第四十七》)

> 五行之隨，各如其序，……木居東方而主春氣，火居南方而主夏氣，金居西方而主秋氣，水居北方而主冬氣。是故木主生而金主殺，火主暑而水主寒，……土居中央爲之天。(《春秋繁露．五行之義第四十二》)

由上述可知，陰陽五行的位次和四時緊密結合，形成一自然的次序。「金木水火，各奉其主，以從陰陽，相與一力而并功」(〈天辨在人第四十六〉)，陰陽五行共同造化。〔註 10〕

董仲舒言陰陽五行並非只是討論自然的形成，其目的在建立一套基於陰陽五行建構的宇宙秩序，而形成的注重人倫、尚德抑刑的政治秩序。故將陰陽繫之於四時，自然的現象是春夏興盛，秋冬衰殺，是故董仲舒賦予陰陽尊卑之別，言其具有善惡性格，使陰陽而具道德上的意義：

> 是故陽氣以正月始出於地，生育養長於上，至其功必成也而積十月，……故陽氣出於東北，入於西北；發於孟春，畢於孟冬，而物莫不應；是陽始出，物亦始出；陽方盛，物亦方盛；陽初衰，物亦初衰；物隨陽而出入，數隨陽而終始；……以此見之，貴陽而賤陰也。……惡之屬盡爲陰，善之屬盡爲陽，陽爲德，陰爲刑。刑反德而順於德，亦權之類也。……是故天以陰爲權，以陽爲經。陽出而南，陰出而北，經用於盛，權用於末，以此見天之顯經隱權，前德而後刑也。故曰：陽，天之德；陰，天之刑也。陽氣煖而陰氣寒，陽氣予而陰氣奪，陽氣仁而陰氣戾，……。(〈陽尊陰卑第四十三〉)

董仲舒將抽象的造化之氣，添加了人間價值的判斷，其立說已失去了客觀的宇宙論立場，尤其「天之顯經隱權，前德後刑」之語，似乎顯示陰陽之後有人格意志的主宰。他並由天有陰陽之別，推論人之受氣亦具善惡兩端：

〔註 10〕在《白虎通義．五行篇》中認爲「火者，陽也。……水者，陰也。……木者少陽，金者少陰，……五行所以二陽三陰……。」見清．陳立，《白虎通疏證》(北京：中華書局，1994 年)，頁 169～170。文中未明述土之陰陽，但由「二陽三陰」可知土爲陰。更明確地將五行納於陰陽之下，成爲陰陽分化的五種形態。

天兩有陰陽之施，身亦兩有貪仁之性。(〈深察名號〉)

自此「氣化的宇宙論」，已漸將轉爲氣性論。而《易緯・乾鑿度》卷上，已將五氣的內容視爲五常：

孔子曰：八卦之序成立，則五氣變形。故人生而應八卦之體，得五氣，以爲五常，仁、義、禮、智、信是也。〔註11〕

《白虎通義》的〈情性篇〉承《易緯・乾鑿度》之說詳言五常與五行結合，而言人之情性：

故人生而應八卦之體，得五氣以爲常，仁義禮智信也。……人本含六律五行之氣而生，故內有五藏六府，此情性之所由出入也。……五藏，肝仁、肺義、心禮、腎智、脾信也。肝所以仁者何？肝，木之精也。仁者好生，東方者，陽也，萬物始生，故肝象木，色青而有枝葉。……肺所以義者何？肺者，金之精。義者斷決，西方亦金，殺成萬物也。故肺象金，色白也。……心所以爲禮何？心，火之精也。南方尊陽在上，卑陰在下，禮有尊卑，故心象火，色赤而銳也。……腎所以智何？腎者，水之精，智者進止無所疑惑，水亦進而不惑，北方水，故腎色黑，……脾所以信何？脾者，土之精也，土尚任養，萬物爲之象，生物無所私，信之至也，故脾象土，色黃也。〔註12〕

其假設五臟所具之五行，而言五行之性。至此五行除了具有抽象的造化元素之外，並以其性，論人秉五常。觀其論，多從具象觀點組合五臟與五行，並言具有道德之性。據此反視干寶〈變化論〉中言：「木清則仁，火清則禮，金清則義，水清則智，土清則思」，實爲漢代氣性論，「土清則思」殆與〈洪範〉五事的混淆，本應爲「土清則信」。至於濁氣方面的「木濁則弱，火濁則淫，金濁則暴，水濁則貪，土濁則頑」殆爲陰陽兩相對氣性而必然發展的結果。

（三）一元之氣性論

在漢代的氣化哲學普遍以陰陽五行立說之外，東漢的王充卻以元氣的觀點，論人之形性：

〔註11〕見安居香山、中村璋八輯，《緯書集成》(石家莊：河北人民出版社，1994年)，頁10。

〔註12〕同註10，頁382～385。

> 萬物之生，皆稟元氣。(《論衡・言毒篇》)〔註13〕

> 上世之天，下世之地也，天不變易，氣不改更。上世之民，下世之民也，俱稟元氣。元氣純和，古今不異，則稟以爲形體者，何故不同？夫稟氣等，則懷性均；懷性均，則形體同；形體同，則醜好齊；醜好齊，則夭壽適。一天一地，並生萬物。萬物之生，俱得一氣。氣之薄渥，萬世若一。(《論衡・齊世篇》)

在〈齊世篇〉中王充論及稟氣均等的問題，雖然他並不主張陰陽五行的氣類之別，但他卻以稟氣之厚薄，即氣之多少，來談物類之別，和人的壽夭際遇不等：

> 俱稟元氣，或獨爲人，或爲禽獸。並爲人，或貴或賤，或貧或富。……非天稟施有左右也，人物受性有厚薄也。(〈幸偶篇〉)

> ……彊壽弱夭，謂秉氣渥薄也。……夫稟氣渥則其體彊，體彊則其命長；氣薄則其體弱，體弱則命短。……稟壽夭之命，以氣多少爲主性也。(〈氣壽篇〉)

由上述可知王充由稟氣的多少而論物類之形性，基本上亦爲一種氣性論，目的是闡明其所主張的命定觀念。而由此「用氣爲性、性成命定」的觀點，王充也討論到了物類形體變易的問題。

二、正常、反常之氣易形變說

對於干寶〈變化論〉奠基的五氣化形、形成性定之說，前文已作了一番思想上的溯源，掌握了從氣作爲宇宙萬物形成元素到〈變化論〉出現了五氣化物之說的發展脈胳。〈變化論〉既由此氣化哲學的觀點論萬物的形性，至於形性的變易，自然可推知是由於氣的變動。〈變化論〉即是以此來詮解物類的形體變易，而於其中干寶還判別了氣之變動有常與不常之異。

（一）數至、時化正常之變的成說

關於正常的變化現象，干寶有如下的陳述：

> 千歲之雉，入海爲蜃；百年之雀，入海爲蛤；千歲龜黿，能與人語；千歲之狐，起爲美女；千歲之蛇，斷而復續；百年之鼠，而能

〔註13〕漢・王充撰，黃暉校釋，《論衡校釋》(北京：中華書局，1990年)，頁949。下文所引《論衡》，皆依據此本，不另註。

相卜：數之至也。春分之日，鷹變爲鳩；秋分之日，鳩變爲鷹：時之化也。故腐草之爲螢也，朽葦之爲蛬也，稻之爲蛩也，麥之爲蝴蝶也，羽翼生焉，眼目成焉，心智在焉，此自無知化爲有知而氣易也。隺之爲麞也，蛬之爲蝦也，不失其血氣而形性變也。若此之類，不可勝論。應變而動，是爲順常；……。

從行文中可看出干寶認爲時間因素——數至，時化，而導致的變形是順常的變化，數至表示時間的累積，時化則爲時間的轉化，干寶以之詮釋常見的生物觀察現象和民間傳說，而此兩種說法亦是先有所承的，由其見於典籍中的情形而觀，時化之說早見於數至之說。

中國很早就留意四時的變化與萬物的關係，以之訂定一套農事的規律，如〈夏小正〉，《周書》的〈周月〉、〈時訓〉中資料，便可見一斑，〔註 14〕而吸取這些資料而成一套天時人事相配的系統的《呂氏春秋・十二紀》中，就可見到隨季節不同而導致生物變化的記述：

仲春之月：……始雨水。桃李華。蒼庚鳴。鷹化爲鳩。(〈仲春紀〉)

季春之月：……桐始華。田鼠化爲駕。(〈季春紀〉)

季夏之月：……涼風始至。蟋蟀居宇。鷹乃學習。腐草化爲蚈。(〈季夏紀〉)

季秋之月：……候鴈來。賓爵入大水爲蛤。菊有黃華。豺則祭獸戮禽。(〈季秋紀〉)〔註 15〕

這是觀察生物現象所得的結果，在《禮記・月令》和《淮南子・時則篇》中亦有同樣的記載。而《淮南子・地形篇》對雀入海化爲蛤則已運用到陰陽的觀念進一步的解釋：

鳥魚皆生於陰，陰屬於陽，故鳥魚皆卵生。魚游於水，鳥飛於雲，故立冬燕雀入海化爲蛤。

〈時則篇〉完全承述《呂氏春秋》之說，而此涉及陰陽的解釋，則是《淮南子》發展出的觀念，雖然沒有其他相關資料，幫助我們完全掌握這個敘述的意涵，但大致上它與陰陽爲宇宙化生元素的觀點，密切相關，因鳥魚皆爲陰，故可互相轉化。這比單純的陳述現象已更進一步。在〈變化論〉中，或仍將

〔註 14〕見徐復觀，《兩漢思想史》卷二，頁 20～21。

〔註 15〕同註 8，卷 2，頁 63；卷 3，頁 121；卷 6，頁 311；卷 9，頁 467。

這些生物變化之因，歸於時節，有的卻以積歲能變的數至說來解釋。《說文》釋「蜃」，便以傳說「雉入水所匕」作爲解釋，但是在釋與「蜃」相近的「盒」時，卻用了物老而化的觀點：

> 盒，蜃屬，有三，皆生於海。厲，千歲雀所匕，秦人謂之牡厲；海蛤者，百歲燕所匕也；魁蛤，一名復絫，老服翼所匕也。〔註16〕

可見數至之說亦早見於漢代，在《淮南萬畢術》中亦有「千歲羊肝，化爲地宰」之說，〔註17〕干寶於《搜神記》中亦引，並以氣化相感作解，然地宰已涉及精怪傳說，即先秦典籍中出現的夔、魍魎、委蛇……等怪物，於《管子・水地篇》出現涸澤之精慶忌，其出現的因由爲「涸澤數百歲」，〔註18〕亦歸於時間的累積，不過此類精怪傳說與生物變化的傳說實有分別，一爲自然界的

〔註16〕見漢・許慎撰，清・段玉裁注，《說文解字注》，卷25，頁677。

〔註17〕見漢・劉安撰，清・茆泮林輯，《淮南萬畢術》，收入《十種古逸書》，《百部叢書集成》（臺北：藝文印書館，1967年），葉12。

〔註18〕見唐・尹知章注，清・戴望校正，《管子校正》（臺北：世界書局，1973年），卷14，頁237。在先秦的典籍中出現了很多物怪，其非如妖是由人事不和所導致的結果，而是自然物中一個特別存在的生物，例如《國語・魯語下》季桓子穿井獲羊，問於孔子，孔子述及木石之怪是夔、蝄蜽，水之怪是龍、罔象，土之怪是羵羊。而於《莊子・達生》中桓公遇委蛇，皇子言：「沈有履。竈有髻。戶內之煩壤，雷霆處之；東北方之下者，倍阿鮭蠪躍之；西北方之下者，則泆陽處之。水有罔象，丘有峷，山有夔，野有彷徨，澤有委蛇。」而在《管子・小問篇》亦有桓公遇委蛇之異文，而於〈水地篇〉中記載了涸澤之精慶忌和涸川之精蝺，可見此精怪傳說其來有自。見《管子校正》，卷14，頁237、卷16，頁277。若《左傳・宣公三年》，楚子問鼎之事記載確定，則夏禹之時已有山林澤中的神怪存在。見楊伯峻，《春秋左傳注》（臺北：源流出版社，1982年），頁669～672。而後方士假托黃帝之名，作《白澤圖》，列述萬物之精，如同在《抱朴子》出現的《百鬼錄》、《九鼎記》爲專記精怪之書，而於《搜神記》中保留先秦的精怪傳說，亦引述《白澤圖》、《九鼎記》之文。同時在六朝小說中有些故事已不見精怪之說，卻從內容便可知其由精怪傳說而來，如《錄異傳》中江巖遙見一美女，踞石而歌，聲有碭石之音，而每近之，只見所踞石，於是江巖破石，得一紫玉，後不復見此女。見魯迅輯錄，《古小說鉤沈》，《魯迅輯錄古籍叢編》，第一卷，頁483。在《白澤圖》中卻有「玉之精名曰『委然』，狀如美女，……夜行，見女子戴燭行者，潛從其後所亡，則入石，石中有玉。」適可爲此故事作一註腳。見清・洪頤煊輯，《經典集林》，收入《問經堂叢書》，《百部叢書集成》（臺北：藝文印書館，1968年），卷31，葉3。除夜晚之時不同外，江巖故事可說是玉精傳說的故事化，若進一步設想，這些廣泛流傳的精怪傳說，是很容易衍成變形故事，因爲在所有的精怪傳說中，精怪和原物並非同一物類，形體不一，如水和罔象、玉和美女，不過其皆爲在同一時空中兩相並存的，若這現象不存在，便成了變形故事。

實有生物，一爲傳說中的神怪，帶有庶物崇拜的性質。

〈變化論〉中除了以雉蜃、雀蛤爲例外，更敘及了龜黿、狐、蛇、鼠等數至之變。此殆爲當時普遍的傳說，在《抱朴子・對俗篇》中引《玉策記》及《昌宇經》，遍載物類形性之變中，亦有近似的敘述，〔註19〕此外《玄中記》更有一則有關狐的變形歷程：

> 狐五十歲，能變化爲婦人，百歲爲美女，爲神巫，或爲丈夫與女人交接，能知千里外事，善蠱魅，使人迷惑失智，千歲即與天通。〔註20〕

此短短的敘述把狐變形之後的特性和與人之關係交待地很清楚，似帶有強烈解說六朝小說變形故事的傾向。雖然此則所述年歲和所變之物的關係與〈變化論〉有異，但其仍基於隨時而變立說，可見物積年能變是當時存有的觀念，只是干寶將之納於氣化的理論之下，賦予其變化的形上依據。

（二）妖眚反常之變的立論之源

無論是時化、數至，氣隨時變是干寶用以解釋物類變化的理由，這個理由的根基便爲氣化宇宙論，王充亦是以同樣的觀點，來看物類的變化：「歲月推移，氣變物類，蝦蟇爲鶉，雀爲蜄蛤」（《論衡・無形篇》）。由〈變化論〉所舉順常之變的例子，可發現一個現象，即所釋爲非人的物類，其自身基於

〔註19〕葛洪的《抱朴子》，一方面吸收了先秦精怪傳說，一方面亦接納了基於氣化觀點而起的「物久變化」之說，發展了道教的精怪傳說及厭勝之術。在《抱朴子・對俗篇》中，記載著物類形色之變，全由於時間的因素：「《玉策記》曰：『千歲之龜，五色具焉，其額上兩骨起似角，解人之言，浮於蓮葉之上，或在叢蓍之下，其上時有白雲蟠蛇。千歲之鶴，隨時而鳴，能登於木，其未千載者，終不集於樹上也，色純白而腦盡成丹。如此則見，便可知也。然物之老者多智，率皆深藏邃處，故人少有見之耳。』按《玉策記》及《昌宇經》，不但此二物之壽也。云千歲松樹，四邊披越，上杪不長，望而視之，有如偃蓋，其中有物，或如青牛，或如青羊，或如青犬，或如青人，皆壽萬歲。又云，蛇有無窮之壽，獼猴壽八百歲變爲猨，猨壽五百歲變爲玃。玃壽千歲，蟾蜍壽三千歲，騏驎壽二千歲。騰黃之馬，吉光之獸，皆壽三千歲。千歲之鳥，萬歲之禽，皆人面而鳥身，壽亦如其名。虎及鹿兔，皆壽千歲，壽滿五百歲者，其毛色白。熊壽五百歲者，則能變化。狐狸豺狼，皆壽八百歲。滿五百歲，則善變爲人形。鼠壽三百歲，滿百歲則色白，善憑人而卜，名曰仲，能知一年中吉凶及千里外事。如此比例，不可具載。」見晉・葛洪撰，王明校釋，《抱朴子內篇校釋》（北京：中華書局，1985年），頁47～48。此說雖本爲從物類可變來強調人形可變，以證明神仙之術的可行，但其仍承王充所提到的物老變化的觀點。

〔註20〕晉・郭氏撰，《玄中記》，《古小說鉤沈》，《魯迅輯錄古籍叢編》，第一卷，頁458。

時間的因素，而可變易形體，或具有特殊的能力，大致上是採取一進化的觀點，至於亦爲稟氣受形的人類，是否會隨時而變呢？在〈變化論〉中則未述及，然在陳述反常變化時，所列之說，皆爲人的變化：

> 苟錯其方，則爲妖眚。故下體生于上，上體生于下，氣之反者也；人生獸，獸生人，氣之亂者也；男化爲女，女化爲男，氣之貿者也。魯牛哀得疾，七日化而爲虎，形體變易，爪牙施張，其兄啓户而入，搏而食之。方其爲人，不知其將爲虎也；方其爲虎，不知其常爲人也。

氣反、氣亂、氣貿是氣的反常變化，即因氣的流行失序所導致，所舉牛哀化虎一例，似認爲疾病爲導致氣反常變化之一因，亦說明了形性皆因氣變而失。至於氣之失序，〈變化論〉則未再推述，然從卷六〈妖怪論〉中，可尋繹出一些端倪：

> 妖怪者，蓋精氣之依物者也。氣亂於中，物變於外。形神氣質，表裏之用也。本於五行，通於五事。雖消息升降，化動萬端。其於休咎之徵，皆可得域而論矣。

由此而觀，氣亂導致妖怪的產生，而氣亂的原因，卻是由於人事的不臧，因此妖怪的出現，是具有徵兆吉凶的作用，〈變化論〉中的妖眚亦可同觀，這是基於「氣」而產生的感應之說。天人相應之說早自《左傳》的記載，如《左傳．宣公十五年》伯宗之語：

> 伯宗曰：「……天反時爲災，地反物爲妖，民反德爲亂，亂則妖災生。」〔註21〕

可見當時也把反常的現象，歸於人事，然未訴諸哲學的基礎，氣化感應則是在氣化宇宙論建立之後才出現，在《呂氏春秋》承繼鄒衍陰陽五行之說推衍出人應順應天時的機祥制度，明言天子行事必須配合月令和五行之德，否則就會有逆時的咎徵出現，〔註22〕《淮南子》便基於物類之間的同氣相應，而提出人主之情與天通的咎徵之說：

> 物類相動，本標相應；故陽燧見日則燃而爲火，方諸見月則津而爲

〔註21〕見楊伯峻，《春秋左傳注》，頁763。

〔註22〕如〈孟春紀〉言：「孟春行夏令，則風雨不時，草木早槁，國乃有恐。行秋令，則民大疫，疾風暴雨數至，藜莠蓬蒿竝興。行冬令，則水潦爲敗，霜雪大摯，首種不入。」見陳奇猷，《呂氏春秋校釋》，卷1，頁2。

水。……人主之情上通于天，故誅暴則多飄風，枉法令則多蟲螟，殺不辜則國赤地，令不收則多淫雨。(〈天文篇〉)

天人以氣相通，同氣而能相應，此亦〈泰族篇〉所謂「萬物有以相連，精祲有以相蕩也。」萬物同由氣構成，因氣有別，故同類之氣的個體間可形成感應的關係，物類能以陰陽同氣相感動，人與天地亦可因氣相感召，故人間的機祥禍福則可知是由於氣類的相應，氣類變化之因則又推溯自人的行爲。董仲舒承襲《淮南子》、《呂氏春秋》的天人相應之說，並將〈洪範〉中的五行和五事配合，言天之災異，爲〈洪範五行傳〉論災異之始，他認爲「以類相合，天人一也」：

故氣同則會，聲比則應，其驗皦然也。試調琴瑟而錯之，鼓其宮，則他宮應之；鼓其商，而他商應之；五音比而自鳴，非有神，其數然也。美事召美類，惡事召惡類，類之相應而起也，如馬鳴則馬應之，牛鳴則牛應之。……物固以類相召也。……故陽益陽，而陰益陰。陽陰之氣，因可以類相益損也。天有陰陽，人亦有陰陽。天地之陰氣起，而人之陰氣應之而起。人之陰氣起，而天地之陰氣亦宜應之而起，其道一也。……非獨陰陽之氣可以類進退也，雖不祥禍福所從生，亦由是也。無非己先起之，而物以類應之而動者也。故聰明聖神內視反聽。(《春秋繁露・同類相動第五十七》)

物依類相召而天人之間亦可因陰陽之氣而相應，至若人間的機祥禍福亦由於氣類的相應，這都是《呂氏春秋》和《淮南子》已有的觀念，但其提出「聰明聖神內視反聽」，認爲能洞見禍福之所生者，必由其自身檢討起，這就是爲其五行五事之說，奠下了基礎。董仲舒爲了約束爲政者，將《尚書・洪範》中實用性的五行，變爲生化性的五行，並進一步把變爲五氣的五行與〈洪範〉中的貌、言、視、聽、思五事相連，經由天人相應的災異現象傳達出天之意：

王者與臣無禮，貌不肅敬，則木不曲直，而夏多暴風，風者，木之氣也。……王者言不從，則金不從革，而秋多霹靂，霹靂者，金氣也。……王者視不明，則火不炎上，而秋多電，電者，火氣也。……王者聽不聰，則水不潤下，而春夏多暴雨，雨者，水氣也。……王者心不能容，則稼穡不成，而秋多雷，雷者，土氣也。(《春秋繁露・五行五事第六十四》)

由其內容可知其以王者不敬五事影響及五行，並延用《尚書・洪範》風雨寒暖不時的異常氣象來作為徵兆，〔註 23〕後之《尚書大傳》的〈洪範五行傳〉受其影響，形成一五行五事相繫的災異系統：

> 維王后元祀，帝令大禹，步于上帝。維時洪祀六沴用咎于下，是用知不畏而神之怒，若六沴作見，若是共禦，帝用不差，神則不怒，五福乃降，用章于下。若六沴作見，若不共禦，六伐既侵，六極其下，禹乃共辟厥德，受命休令，爰用五事，建用王極，長事，一曰貌，貌之不恭，是謂不肅，厥咎狂，厥罰常雨，厥極惡；時則有服妖，時則有龜孽，時則有雞禍，時則有下體生于上之痾，時則有青眚青祥，維金沴木。次二事曰言，言之不從，是謂不艾，厥咎僭，厥罰常陽，厥極憂；時則有詩妖，時則有介蟲之孽，時則有犬禍，時則有口舌之痾，時則有白眚白祥，維木沴金。次三事曰視，視之不明，是謂不悊，厥咎荼，厥罰常奧，厥極疾；時則有草妖，時則有倮蟲之孽，時則有羊禍，時則有目痾，時則有赤眚赤祥，維水沴火。次四事曰聽，聽之不聰，是謂不謀，厥咎急，厥罰常寒，厥極貧；時則有鼓妖，時則有魚孽，時則有豕禍，時則有耳痾，時則有黑眚黑祥，維火沴水。次五事曰思心，思心之不容，是謂不聖，厥咎霿，厥罰常風，厥極凶短折；時則有脂夜之妖，時則有華孽，時則有牛禍，時則有心腹之痾，時則有黃眚黃祥，維木金水火沴土。王之不極，是謂不建，厥咎瞀，厥罰常陰，厥極弱；時則有射妖，時則有龍蛇之孽，時則有馬禍，時則有下人伐上之痾，時則有日月亂行，星辰逆行，維五位復建，辟厥沴。〔註 24〕

〈洪範五行傳〉雖提及六沴，然已建立了一套災異系統，於其中可見君主行事不當，致使五行相傷，引起妖、孽、禍、痾、眚、祥等咎徵出現，不同的

〔註 23〕在《尚書・洪範》之中，是以雨、暘、燠、寒、風的時與不時相應於人的貌、言、視、聽、思的肅、乂、哲、謀、聖或狂、僭、豫、急、蒙。其文為：「八、庶徵：曰雨、曰暘、曰燠，曰寒，曰風，曰時。五者來備，各以其敘，庶草蕃廡。一、極備凶，一、極無凶。曰休徵：曰肅，時寒若；曰乂，時暘若；曰哲，時燠若；曰謀，時寒若；曰聖，時風若。曰咎徵：曰狂，恆雨若；曰僭，恆暘若；曰豫，恆燠若；曰急，恆寒若；曰蒙，恆風若。」見屈萬里，《尚書釋義》（臺北：中國文化大學出版部，1980 年），頁 100。

〔註 24〕見漢・伏勝撰，漢・鄭玄注，清・陳壽祺輯校，《尚書大傳・洪範五行傳》，《四部叢刊正編》（臺北：臺灣商務印書館，1979 年），頁 39～42。

咎徵相應於五事，非常有系統，鄭玄有簡扼的注解：

> 凡貌、言、視、聽、思心，一事失，則逆人之心，人心逆則怨，木、金、水、火、土氣爲之傷，傷則衝勝來乘殄之，於是神怒人怨，將爲禍亂，故五行先見變異，以譴告人也。及妖、孽、禍、痾、眚、祥，皆其氣類暴作，非常爲時怪者也，各以物象爲之占也。〔註25〕

妖、孽、禍、痾、眚、祥的產生便是「氣類暴作」，即五行之氣相傷而致。《漢書・五行志》以此爲說，並分繫之以史事，同時爲此六者內涵作一界定：

> 說曰：「凡草物之類謂之妖。妖猶夭胎，言尚微。蟲豸之類謂之孽。孽則牙孽矣。及六畜，謂之旤，言其著也。及人，謂之痾。痾，病貌，言𤻃深也。甚則異物生，謂之眚；自外來，謂之祥。祥猶禎也。氣相傷，謂之沴。沴猶臨莅，不和意也。〔註26〕

由漢代所建構的五行五事的災異系統而觀，妖眚的現象並不只限於人形的變易，自然也包括其他物類的變易，依此則有關物類的變易便不再是以生物進化的觀點視之，而是由人事失序所造成的變易，故除了物類本性會隨時間而變易外，尚有外在因素導致的變易，雖同基於氣變而變易，卻形成正常與反常之別。在〈妖怪論〉中言：「妖怪者，蓋精氣之依物者也。」即由氣類的感應，使人事失序所產生的惡氣，依附在物體之上，導致物本身氣亂而產生變化的現象，便是所謂的「妖怪」，正如羅光先生所說：

> 天人感應的學說，以「氣」爲根基，氣週遊宇宙，同類相感。人君的惡事必生惡氣，惡氣在宇宙間引起感應，乃生怪異的現象。〔註27〕

對妖怪產生的解釋仍奠基於漢代的氣化哲學，王充亦曾有「氣變化者謂之妖」（〈訂鬼篇〉）之語，且以「氣無漸而卒至」（〈自紀篇〉）來言「變」，都可以說明在王充的觀念裡，認爲氣的突然變化是妖產生的原因，〈妖怪論〉所謂的精氣依物亦爲相同的觀點。

無論是以數至、時化解釋物類變化，或以氣之失序解釋人之異變，干寶都賦予萬物變形一個合理的解釋，由以上的探討，可知干寶的觀念是依據漢

〔註25〕 同前註，頁39。

〔註26〕 漢・班固撰，唐・顏師古注，《漢書・五行志》（臺北：鼎文書局，1984年），卷27中之上，頁1353。

〔註27〕 羅光，《中國哲學思想史——兩漢、南北朝篇》（臺北：學生書局，1978年），頁147。

人所建立的宇宙觀所發展出來的，故其認爲「萬物之變，皆有由也」，同時他認爲在知道源由之後，可以止之以方，防患於未然：

> 從此觀之，萬物之生死也，與其變化也，非通神之思，雖求諸己，惡識所自來。然朽草之爲螢，由乎腐也；麥之爲蝴蝶，由乎濕也。爾則萬物之變，皆有由也。農夫止麥之化者，漚之以灰；聖人理萬物之化者，濟之以道。其與，不然乎？

干寶仍分自然生物的變化和妖眚的現象來談「止之以方」，故制止生物的變化只要改變由時間造成的生態環境即可，如以菊爲灰，止麥生蟲，〔註 28〕然對於後者則提出「濟之以道」，推而言之，即配合五行五事之說，要求爲政者行事配合五行之秩，如此一來，便不會有妖眚的現象產生了。這一看法實爲《呂氏春秋》以來，漢人根深蒂固的天人相應的觀念，人事實應配合天序，這便是「道」，由此我們更深信〈變化論〉是據五行立說。

三、〈變化論〉所含之人本進化觀

由前文的探析，可知干寶之所以「發明神道之不誣」，除了自身的神秘遭遇外，卻有承於前載的群言，架構出系統的理論，故〈變化論〉、〈妖怪論〉假漢之氣化宇宙論爲說，予以萬物變化合理的解釋，然而在這樣的解釋中，卻也反映出値得我們注意的意義。

以氣變易的觀念去詮解物類形體的變化，與《莊子》一書中「通天下一氣」的意義，實有不同，《莊子》僅假氣明道、破生死萬物之別，故其說完全回歸於神話中初民不辨萬物生死的渾然心理，而漢人的宇宙觀卻假氣之異，分出物類之別，故愈益遠離神話心理，而完全是以其所建構的知識去理解。從干寶在〈變化論〉中以無知化爲有知之例說明正常的變化，並在論妖眚現象時多舉人之變化爲例，其中似隱含人本的進化觀點，與《莊子》將人置於萬化之中的看法，迥然不同。其實在建立氣化的宇宙觀時，已漸次地流露了這個觀念，如在《淮南子》中便以精氣、煩氣別人蟲，而董仲舒強調天人相副之說，認爲「唯人獨能偶天地」(《春秋繁露・人副天數第五十六》)，天地生物，莫貴於人，在《論衡》中，王充亦以人爲本位，明言人受天之正氣，

〔註 28〕梁・宗懍《荊楚歲時記》言夏至時「取菊爲灰，以止小麥蠹」，並按言：「干寶〈變化論〉云：『朽稻爲蛬，朽麥爲蛺蝶』，此其驗乎？」見梁・宗懍撰，隋・杜公瞻注，黃益元校點，《荊楚歲時記》，《漢魏六朝筆記小說大觀》(上海：上海古籍出版社，1999 年)，頁 1058。

故形性不易，爲了解釋歷史上出現的人之變形現象，他便以「政變」爲說，即以妖眚釋人之變。

王充認爲人形不可變易，卻可相應於政事而變：

> 人稟元氣於天，各受壽夭之命，以立長短之形，猶陶者用土爲簋廉，冶者用銅爲柈杅矣。器形已成，不可小大；人體已定，不可減增。用氣爲性，性成命定。體氣與形骸相抱，生死與期節相須。形不可變化，命不可減加。……物之變隨氣，若應政治，有所象爲，非天所欲壽長之，故變易其形也，又非得神草珍藥食之而變化也。……遭時變化，非天之正氣，人所受之眞性也。天地不變，日月不易，星辰不沒，正也。人受正氣，故體不變。時或男化爲女，女化爲男，由高岸爲谷，深谷爲陵也，應政爲變，爲政變，非常性也。漢興，老父授張良書，已化爲石，是以石之精爲漢興之瑞也，猶河精爲人持璧與秦使者，秦亡之徵也。(《論衡‧無形篇》)

其說即爲漢人基於天人相應而主張的災異和瑞應之說，而王充是反對天人相應的說法，他認爲氣類相感只是偶然的現象，如〈偶會篇〉言：「若夫物事相遭，吉凶同時，偶適相遇，非氣感也。」由此可看出其自相矛盾之處。此說若與前述其所言妖鬼象人之形同觀，更顯示了他以人爲本位的觀點。

有關妖物象人之說，日本學者中野美代子曾於《從中國小說看中國人的思考方式》一書中，提及中國的化身故事以求心的變形爲主，〔註 29〕即多由人以外的物類化形爲人，在其所著的《中國の妖怪》一書中，亦同樣有此主張，並指出在六朝以後，這個趨勢愈益明顯，〔註 30〕而認爲中國變形故事，愈益具人間性，這是由六朝大量的物魅故事推得的結果，亦可作爲當時思想趨向的一個旁證。

雖然人本進化爲當時論萬物變化的一個趨向，但六朝小說亦有近似《莊子》「萬物一化」的觀點出現，如《搜神記》卷三的管輅故事：

〔註 29〕中野美代子認爲：「在中國的化身與怪談小說裏，很少有一種類型是說，人類會基於某種理由而化身爲人類以外的形像，反之，只有鬼怪或其他動植物才會化身人形而後與人類交往。這就是說，自從希臘以來的歐洲怪談集，主要係從人類化身爲人類以外的形像，也就是以遠心的化身爲主；相反地，中國人卻從人類以外的存在，搖身一變爲人形，也就是以求心的化身爲主流，這一點是非常令人注目的。」見氏著，劉禾山譯，《從中國小說看中國人的思考方式》，頁 47。

〔註 30〕見氏著，《中國の妖怪》，頁 183～184。

……後輅鄉里乃太原問輅：「君往者爲王府君論怪，云『老書佐爲蛇，老鈴下爲烏』。此本皆人，何化之微賤乎？……」輅言：「……夫萬物之化，無有常形；人之變異，無有定體，或大或小，或小或大，固無優劣。萬物之化，一例之道也。是以夏鯀，天子之父；趙王如意，漢高之子。而鯀爲黃能，意爲蒼狗，斯亦至尊之位，而爲黔喙之類也。……」

故事中劉原的疑問正代表當時人的觀念，〔註 31〕而管輅的回答則上溯至神話傳說，強調萬物之化一也的見解，並沒有將人排於眾物之外，同時他認爲「萬物之變，非道所止也。」其說與〈變化論〉、〈妖怪論〉的觀點大異其趣，所述的萬物齊等的自然變化說，完全近似於《莊子》的物化觀，然其更進一步以此作爲其數術之說的依據，即以萬物莫不能化，來言明方術之可行，所以在《三國志》裴松之注所錄〈管輅別傳〉，記載其論隱形之術後便有「陰陽之數通於萬類，鳥獸猶化，況於人乎！」數語。〔註 32〕

推究而言，當時論議形體變易的問題在於「變形而仙」的神仙觀念，是否爲人所接受，故本書將在下一章，詳論此一問題。

第二節　〈變化論〉所指涉的變形故事

干寶的〈變化論〉是形上哲思所建構，雖氣化宇宙論之源始仍在於《莊子‧至樂篇》：「雜乎芒芴之間，變而有氣，氣變而有形」的觀念，但更受到陰陽五行的影響，故氣化宇宙論之氣，具有種種類別，萬物不同的形性便由此而分，同時由於它具有感應作用，而能生發許多異象。干寶寫〈變化論〉的目的是要解釋《搜神記》中出現的變化現象，因爲他認爲一切的變化現象都是有原因的，而他就以氣之變易作解。

《搜神記》是依類分卷而寫定的，〔註 33〕這是今存或輯存的六朝小說大致皆有的現象，〔註 34〕在今輯本的《搜神記》中，大致可以區分出卷數與內

〔註 31〕據汪紹楹先生考訂，「乃太」爲「劉」之誤，劉原爲晉時河東太守，與管輅同時。詳見汪紹楹校注，《搜神記》，頁 33。

〔註 32〕見晉‧陳壽撰，南朝宋‧裴松之注，《三國志‧魏書‧方技傳》（臺北：鼎文書局，1983 年），卷 29，頁 822。

〔註 33〕汪紹楹考定《搜神記》本有〈神化〉、〈感應〉、〈妖怪〉、〈變化〉等篇，見其校注之《搜神記》，頁 7，頁 49，頁 67，頁 147。

〔註 34〕所存之屬，如張華的《博物志》，輯存之屬如干寶的《搜神記》、陶淵明的《搜

容的關係，然而置於卷十二之首的〈變化論〉所指涉的對象涵蓋了那些內容？歷來研究六朝小說者皆未明述，〔註 35〕畢竟今見的《搜神記》是後人所輯，絕非其書原貌，大致上可掌握其卷數所述之內容趨向，但要確定〈變化論〉所論範圍，實在不容易，故可尋之線索只有從〈變化論〉的內容去確認，尤其〈變化論〉中已明舉相關之例，例如在論妖眚之變時，他所舉氣反、氣亂、氣貿之例，而這些例子實見於卷六、卷七之中，而《搜神記》卷十四出現的靈帝時江夏黃母化爲黿的故事，《後漢書・五行志》亦有記載，視之爲人痾，〔註 36〕依此，則此故事亦可以〈妖怪論〉釋之，爲人事失常的結果。同卷中的宋士宗母化鼈，宣騫母化黿的故事，亦可同觀。事實上，《搜神記》卷六之首的〈妖怪論〉也是奠基於氣化思想立論，由此更使我們不能從卷數次序上斷定〈變化論〉之所指。

一、異氣所產的殊方異物

干寶由氣化思想去爲六朝小說中神異的變化現象，提供了一個知性的詮釋角度，在〈變化論〉中，他辨明怪物的出現是由「異氣所產」，而此異氣與地域有關，在《搜神記》卷十二刀勞鬼的故事中，亦見「氣分則性異，域別則形殊」的說法。故在人跡罕至之境，多有怪物產生，由此而觀，干寶以中土爲正統。在《搜神記》卷十二中記述了很多殊方的怪物，如南方的落頭民，江漢之域的貙人，蜀之西南的猳國，臨川諸山間的刀勞鬼，越地深山的治鳥，南海之外的鮫人，廬江大山之間的山都，江水之域的蜮等等，皆是其所謂的異氣所產之怪物，而這些怪物多具特殊之性，其中包括了變易形體的能力，例如貙人能化爲虎：

> 江漢之域，有貙人。其先，稟君之苗裔也。能化爲虎。長沙所屬蠻縣東高居民，曾作檻捕虎。檻發，明日，眾人共往格之，見一亭長，

神後記》和劉敬叔的《異苑》，都有依卷分類傾向。

〔註 35〕李豐楙認爲今本卷一至卷四的一部分是屬原書〈神化篇〉，卷四、卷五屬〈感應篇〉，而卷六、卷七、卷八屬〈妖怪篇〉，則未劃定〈變化論〉涵蓋範圍，見氏著，《六朝文士與道教思想》，頁 595～596。而李劍國大抵亦是如此劃分，不過其認爲〈變化論〉是說明卷十二所記種種物怪及其形性變化，然由〈變化論〉內容而觀，決非僅限於此。見氏著，《唐前志怪小說史》，頁 297～298。王國良亦曾以〈變化論〉爲經，略述幾種變化，……但也未明言〈變化論〉指涉的《搜神記》的內容，見氏著，《魏晉南北朝志怪小說研究》，頁 224～228。

〔註 36〕見南朝宋・范曄撰，唐・李賢等注，《後漢書・志第十七・五行五》，頁 3348。

> 赤幘大冠，在檻中坐。因問：「君何以入此中？」亭長大怒曰：「昨忽被縣召，夜避雨，遂誤入此中。急出我。」曰：「君見召，不當有文書耶？」即出懷中召文書。於是即出之。尋視，乃化爲虎，上山走。或云：「貙虎化爲人，好著紫葛衣，其足無踵。虎有五指者，皆是貙。」

在干寶的觀念中，認爲貙人化虎或貙虎化人，是其本來異氣所具之能，而治鳥白日爲鳥，夜時作人形，亦是同樣的道理。至於其他小說中所載之異物，如《博物志》所記能化爲虎的江陵猛人，也可以在此觀念中得解。基此，這些殊方怪物雖是異氣所產，然就其本身之性而觀，其意義實同於干寶所謂的順化而變者，但後者卻要於「氣變」的歷程中，方可改變形體。

二、積歲能變的物魅妖怪

有關順化之正變，干寶提出數至、時化二說，時化實述自然生物的變化，而這部份的變化除了在《搜神記》卷十三中所述「木蠹生蟲，羽化爲蝶」，可歸於此說之下外，就是〈變化論〉中舉例最多，於其他的六朝小說中未見，殆這部分的變化是大眾都已接受的常識而不會視爲怪異。至於數至之說，認爲生物由於年歲的累積，至年齡的某階段，便具有特殊能力，由其以「千歲之狐，起爲美女；千歲之蛇，斷而復續；百年之鼠，而能相卜」爲例，即知數至之化，多是非人形之物的變化。有關這方面的變形故事，在六朝小說中出現極多，幾乎是六朝小說變形故事的主流，在故事中此變形主體爲精、鬼、妖、神、魅、怪、魑魅、妖魅、妖怪、鬼物，似與〈變化論〉所說數至順常之變，有意義取向的不同。在《搜神記》卷十九中，有一則孔子遇大鯷魚精故事，其中便藉孔子之語，闡釋大鯷魚精以人形出現之因，似更切近六朝小說中所出現的物魅變形故事：

> 孔子厄於陳，絃歌於館中。夜有一人，長九尺餘，著皀衣高冠，大吒，聲動左右。……子貢進，問:「何人耶？」便提子貢而挾之。子路引出，與戰於庭。有頃，未勝。孔子察之，見其甲車間時時開如掌，孔子曰：「何不探其甲車，引而奮登？」子路引之，沒手仆於地，乃是大鯷魚也，長九尺餘。孔子曰：「此物也，何爲來哉？吾聞：物老則羣精依之，因衰而至。此其來也，豈以吾遇厄絕糧，從者病乎？夫六畜之物，及龜、蛇、魚、鱉、草、木之屬，久者神皆憑依，能

為妖怪，故謂之『五酉』。五酉者，五行之方，皆有其物。酉者老也，物老則為怪，殺之則已，夫何患焉。或者天之未喪斯文，以是繫予之命乎？不然，何為至于斯也？」絃歌不輟。子路烹之，其味滋，病者興。明日，遂行。

此說包涵了〈變化論〉所提出的積歲能變的數至之說，同時也具〈妖怪論〉「精氣依物」之意，即五行各方之物，因「老」而致精氣憑依成怪，仍為氣化思想的產物。不過由「群精依之」、「神皆憑依」而觀，所述之「精」似為精氣所凝之物，而不是精氣而已。這些五方皆有之怪，會趁人之衰而至，在《論衡．訂鬼篇》亦有類似的記載：

鬼者，老物精也。夫物之老者，其精為人；亦有未老，性能變化，象人之形。人之受氣，有與物同精者，則其物與之交，及病，精氣衰劣也，則來犯陵之矣。

在王充的觀念裡，認為「人未生，在元氣之中；既死，復歸元氣。」（《論衡．論死篇》），人死後無知不可能變為鬼神，鬼神是氣變化所造成的另一些實物，〈自然篇〉所謂「妖氣為鬼，鬼象人形」，而老物精或未老能變化象人之形者是為鬼，而在六朝小說亦稱物化人為「鬼」或「鬼物」。

在六朝小說中，物魅的種類包括了野獸之屬：如狐、狸、猿猴、鹿；家畜之屬：狗、豬、羊；飛禽之屬：鶴、鷺、鴨；水族之屬：獺、龜、鼉、鼉；昆蟲之屬：蚯蚓、蚱蜢、蜘蛛、蟬、螻蛄；植物之屬：赤莧；器物之屬：枕、履、飯臿、金、銀、錢、杵；種類浩繁，無物不包。若以出現的比例而論，以狐、狸之魅最為頻繁，而其故事內容已涵蓋了六朝物魅變形的主要面貌，故今舉之以述物魅變形故事的特色。

物魅的故事情節主要建立在與人接觸所發生的一些事件。其中又以男女關係為主，如《搜神記》卷十八的「阿紫」的故事，就是一個典型：

後漢建安中，沛國郡陳羨為西海都尉。其部曲王靈孝，無故逃去，羨欲殺之。居無何，孝復逃走。羨久不見，囚其婦，婦以實對。羨曰：「是必魅將去，當求之。」因將步騎數十，領獵犬，周旋于城外求索，果見孝于空冢中，聞人犬聲，怪遂避去。羨使人扶孝以歸，其形頗象狐矣，略不復與人相應，但啼呼「阿紫」。阿紫，狐字也。後十餘日，乃稍稍了悟。云：「狐始來時，於屋曲角雞栖間，作好婦形，自稱『阿紫』，招我。如此非一。忽然便隨去，即為妻，暮輒與共還其家。遇狗不覺。」云樂無比也。道士云：「此山魅也。」《名山記》曰：「狐者，先古之淫婦也，其名曰『阿紫』，化而爲狐。故其怪多自稱『阿紫』。」

這是物類化爲人形以蠱媚世人，文末《名山記》所云，似在詮釋狐之起源，其人淫故所變之物亦淫，與前章所述變形的性質相近。但此則解釋僅有用之於狐媚的個別性，事實上在六朝小說中狐不僅化爲女子媚人，亦有化爲男子姦人之事，況於其他類屬是否有此背景則不可確知。然於此類故事中所述狐之原形多是大狸、老狸、老狐而觀，時間的因素爲變形的普遍原因，如〈變化論〉所言。

在六朝小說中，人與異類的戀愛故事極多，非但人妖相戀，亦見爲數甚多的人鬼相戀故事，同時也有人仙的戀愛故事，雖然與人的戀愛主體有異，但故事內容大多相類，在人妖、人鬼的故事中，故事基型主要是妖或鬼闖入人境，與人類發生有如夫妻之關係，而後終被人識破，人妖或人鬼殊途；而人仙相戀則是神仙下凡與人誤闖神仙之境，而結一段姻緣，其結果是仙人永隔，這些故事未如前一章所述人間愛情悲劇深刻，甚少有內心情感的描述，也未見對情意的執著，沒有任何動人之處，故事的重點只在男女關係之上，從社會的角度觀察，固可由當時男女關係被壓抑，故藉由人與異類愛情來滿足得以詮解。〔註 37〕但由故事內容而觀，似隱含了另一意義，即在有關男女關係的人妖故事中，妖怪可由和人的接觸，襲得人之精氣，修得人身，一如在人鬼故事中，鬼往往藉由與生人的交往而有還生之機。例如：《列異傳》、《搜神記》同見的談生故事中，睢陽王女與談生共處兩年後，腰部以上，生肉如人，但由於談生好奇，故不忍三年之約，以火照之，致使前功盡棄，終致幽明二途。雖然妖魅的故事未明顯流露這樣的觀點，但人與妖交接後，往往心志恍惚，即《玄中記》所謂「使人迷惑失智」，一如阿紫中的王靈孝，失去人性而漸具狐性。可由此方向去設想，人性的失落，即表示妖怪的因盜襲其氣，反得超於物形，有成人之機，而成人之目的，或許可作一大膽的推想，即由後世明雜劇《呂洞賓三度城南柳》第一折，呂洞賓所謂「爭奈他土木之物，如何做得仙宗？必然成精之後，方可成人，成人之後，方可成道。」〔註 38〕再加上神仙信仰講究房中術，以之爲成仙之一

〔註 37〕葉慶炳，《談小說妖》（臺北：洪範書店，1980 年）之後記，和李豐楙，〈六朝精怪傳說與道教法術思想〉，《中國古典小說研究專集》(3)，頁 35～36。皆有此說。

〔註 38〕見元・谷子敬，《呂洞賓三度城南柳》，輯入《全明雜劇》（臺北：鼎文書局，1979 年），第 2 冊，頁 292。

方，殆這些人與妖魅交接的故事，受到了神仙思想的影響。而由當時普遍的「人貴物賤」的人本觀點來看，有此設想亦在情理之中。

六朝小說中的物魅並非全以蠱媚的形象出現，有時亦化爲博通的智者，例如《搜神記》卷十八中張茂先故事：

> 燕昭王墓前，有一老狐。化男子，詣張華講說。華怪之，謂孔章曰：「今有男子，少美高論。」孔章曰：「當是老精。聞燕昭王墓有華表柱，向千年，可取照之，當見。」如言，化爲狐。〔註39〕

文中才貌並秀的文士，竟是老狐，而其化爲智者的形相，就在於年歲積久，故事中，言其出現於燕昭王墓前，又稱其爲「老精」，便可明確掌握其變形之因。而文中已見厭劾之術，假於外力，可現妖魅原形。

狐、狸具智者形相，並不只限於此則，於同書同卷中，亦見老狸化客詣見董仲舒，以及吳中皓首書生「胡博士」的故事，並於《異苑》中亦出現了好音樂醫術，卻體有臊氣，忌猛犬的「胡道洽」。〔註40〕此即《玄中記》中所述「能知千里外事」。〔註41〕《抱朴子・登涉篇》亦云：「又萬物之老者，其精悉能假託人形，以眩惑人目而常試人。」〈對俗篇〉又曰：「物之老者多智。」〔註42〕老精多智似爲當時普遍的觀念。

除了上述兩種物魅的形象之外，亦有物類化爲人形以惡作劇的故事，如《搜神記》卷十八所吳興老狸的故事：

> 晉時，吳興一人，有二男，田中作時，嘗見父來罵詈，趕打之。兒以告母。母問其父，父大驚，知是鬼魅，便令兒斫之。鬼便寂不復往。父憂恐兒爲鬼所困，便自往看。兒謂是鬼，便殺而埋之。鬼便遂歸，作其父形，且語其家：「二兒已殺妖矣。」兒暮歸，共相慶賀；積年不覺。後有一法師過其家，語二兒云：「君尊侯有大邪氣。」兒以白父，父大怒。兒出，以語師，令速去。師遂作聲入，父即成大老狸，入牀下，遂擒殺之。向所殺者，乃眞父也。改殯治服。一兒

〔註39〕此則內容依據《太平御覽》卷909所引，因今本所見故事，據汪紹楹考定，必非本書，見《搜神記》，頁220。

〔註40〕見南朝宋・劉敬叔撰，黃益元校點，《異苑》卷8，《漢魏六朝筆記小說大觀》（上海：上海古籍出版社，1999年），頁675。

〔註41〕同註20。

〔註42〕見晉・葛洪撰，王明校釋，《抱朴子內篇校釋》，頁300，頁47。下引《抱朴子》悉依此本，不另註。

遂自殺；一兒忿懊，亦死。

這個故事與《呂氏春秋・疑似篇》黎丘之鬼〔註 43〕極爲類似，事實上在《搜神記》卷十六秦巨伯故事〔註 44〕已是襲自《呂氏春秋》，而此處把作惡之鬼換成狸魅。物魅非但可變形爲人，甚可變所欲變之形，但其不能擺脫外力的干涉以現其原形，而「大老狸」亦正暗示了其之所以具變形能力原因。於其他的故事中亦有狸魅入人之家作怪者，如同書卷十七的倪彥思一則，文中狸魅或揭發人之陰私，或與道士抗法，雖和人作對，但無致傷亡，所以沒有吳興老狸可惡，而在故事中也對貪吏有所譏諷，殆言此說者，有意爲之。而《搜神記》中所述之千歲狐伯裘，〔註 45〕本欲害人，卻因人捉之不殺而報恩，其來去自如，料事如神，正如《玄中記》所說的「與天通」之天狐。

因這一類型的故事非常眾多，不能一一列舉，以狐、狸爲例，亦可得其梗概。綜合言之，此類變形故事，不脫下述模式：

（一）故事通常發生在固定的場景，即物類時常出現的地方，如動植物之屬皆出現在其生態環境之中，器物之屬則多出現於家舍之內。亭亦爲物魅常見之所，〔註 46〕而不受類屬之限。至於時間多爲日

〔註 43〕其文如下：「梁北有黎丘部，有奇鬼焉，喜効人之子姪昆弟之狀。邑丈人有之市而醉歸者，黎丘之鬼効其子之狀，扶而道苦之。丈人歸，酒醒而誚其子，曰：『吾爲汝父也，豈謂不慈哉？我醉，汝道苦我，何故？』其子泣而觸地曰：『孽矣！無此事也。昔也往責於東邑人可問也。』其父信之，曰『譆！是必夫奇鬼也，我固嘗聞之矣。』明日端復飲於市，欲遇而刺殺之。明旦之市而醉，其眞子恐其父之不能反也，遂逝迎之。丈人望其眞子，拔劍而刺之。丈人智惑於似其子者，而殺於眞子。夫惑於似士者而失於眞士，此黎丘丈人之智也。」見陳奇猷，《呂氏春秋校釋》，卷 22，頁 1497～1498。

〔註 44〕《搜神記》秦巨伯故事如下：「瑯琊秦巨伯，年六十，嘗夜行飲酒，道經蓬山廟。忽見其兩孫迎之，扶持百餘步，便捉伯頸著地，罵：『老奴，汝某日捶我，我今當殺汝。』伯思維某時信捶此孫。伯乃佯死，乃置伯去。伯歸家，欲治兩孫。兩孫驚惋，叩頭言：『爲子孫，寧可有此。恐是鬼魅，乞更試之。』伯意悟。數日，乃詐醉，行此廟間。復見兩孫來，扶持伯。伯乃急持，鬼動作不得。達家，乃是兩人也。伯著火炙之，腹背俱焦坼。出著庭中，夜皆亡去。伯恨不得殺之。後月餘，又佯酒醉夜行，懷刃以去。家不知也。極夜不還。其孫恐又爲此鬼所困，乃俱往迎伯，伯竟刺殺之。」見晉・干寶撰，汪紹楹校注，《搜神記》，頁 198。

〔註 45〕此則故事爲《太平廣記》卷 447 所引，未見於今本《搜神記》，卻見於《搜神後記》卷 9。

〔註 46〕漢代的亭是縣以下地方組織之一，《風俗通》言，其爲「行旅會宿之所」，勞榦先生認爲這就是都亭，都亭多在城郭之外。見勞榦，〈漢代的亭制〉，《勞榦

暮、半夜等不明之時。

（二）在精怪變形爲人的形體上，尚可覓得其原形的線索，在故事中或以姓名、以衣飾、以形色、以習性作爲暗示。

（三）故事中或明或暗地流露出物類變形的原因，即積歲便可化爲其他物類，但其原形並未因此而消失，假於外力便可使之還形，是故我們在物魅故事中看到了狗齕、刀斲、火照、杖擊、銅鏡、法術等還形方法，甚而物魅因酒醉而現出原形。

（四）這些物魅化形爲人，多出之以反面的角色，對人言而是禍而非福，故八卷本《搜神記》中錄李汾故事後言「妖怪之事顯然，蠱惑之道彰爾，假人之形」，〔註 47〕適可爲此類變形故事下一註腳。

上述爲物魅變形故事的呈現模式，故事中的變形可由下列幾點去認知：

（一）就變形原因而言，物魅之所以能夠變形是由於時間的因素。

（二）其變形全以化爲人形爲主，此可說是中野美代子所言的「求心的化身」，反映出人本主義的色彩。

（三）此類變形是短暫的，可受他力的因素而現回原形，與透過死亡往而不復的變形是截然不同的，雖在其化形之後，仍保持了原形的特質，但僅爲形體上的特徵，而非精神的延續，是故只予人神奇印象，而無任何深刻的意義。

從物久變化的變形原因，和變形以人爲主的傾向，實可相應於第一節中文士變形理論所反映出的變形觀點。而物魅變形故事中提及的還形方法，亦與道教的法術相涉，可見道教亦予此類故事相當的影響，這就必須去探索道教關於方術的應用。

三、氣亂妖眚的異常徵兆

干寶〈妖怪論〉中以氣亂釋物變，而氣亂之因在於人事失常，其基於氣類感應的原則，將五行之氣失序導致的反常現象，歸於人事，而這些反常的現象，便成爲一種徵兆，在〈變化論〉中所謂氣反、氣亂、氣貿的妖眚變化，亦是就此而論的。

〈妖怪論〉本在闡釋《搜神記》卷六、卷七所載內容，在這數卷的敘述

幹學術論文集》（臺北：藝文印書館，1976 年），頁 735～745。

〔註 47〕見汪紹楹校注，《搜神後記》（臺北：木鐸出版社，1982 年）附稗海本《搜神記》卷 7，頁 109。

中，變形亦爲反常現象之一，作爲相應於人事的徵兆，在《王子年拾遺記》、《述異記》、《幽明錄》中，亦零星出現類似的記載。這些變形的本事多見於史書，尤其是收錄此類變形最多的《搜神記》卷六、卷七，其本事幾全見於《漢書・五行志》和《後漢書・五行志》。於是有人懷疑此二卷非干寶原書原有內容，不過從干寶曾任司徒右長史的身份，和其所著《晉記》殘卷，及《周易注》所顯現的天人相應信仰而觀，〔註 48〕是可以理解這些內容出現在《搜神記》一書中的。尤其〈妖怪論〉的出現，更可作爲證明。嚴格而論，這些變形敘述的確只能說是添加了詮釋的逐條記載的史事，其中具有一大致規律，即一變形現象關涉及某一史事，而成爲一種徵兆，由文中所述的文字，便可設想出爲什麼出現變形的現象。

在《搜神記》卷六、卷七的異徵變形敘述中多有引錄京房《易傳》之言，作爲每一則變易現象的注腳，由此便可推得某種變形的特定意義，例如有許多物類生角的變易，而據京房《易傳》之說多徵兆下犯上以致兵興的情形。如《搜神記》卷六所述：

> 漢景帝元年九月，膠東下密人年七十餘，生角。角有毛。京房《易傳》曰：「冢宰專政，厥妖人生角。」《五行志》以爲人不當生角，猶諸侯不敢舉兵以向京師也。其後遂有七國之難。至晉武帝泰始五年，元城人年七十，生角。殆趙王倫篡亂之應也。

同卷所載商紂時，大龜生毛，兔生角，言爲兵甲將興之象，漢文帝十二年吳地馬生角，文帝後元五年狗生角，二者皆引京房之說，又漢成帝綏和二年馬生角，以應王莽害上之萌，都反映了同樣的觀點。

另於形體的性別變易，在漢人的解釋下，亦有特定之意，如《搜神記》卷六所錄男子化爲女子之事：

> 哀帝建平中，豫章有男子化爲女子，嫁爲人婦，生一子。長安陳鳳

〔註 48〕Kenneth J. De Woskin 著，賴瑞和譯，〈六朝志怪與小說的誕生〉，收錄於王秋桂編，《中國文學論著譯叢》（臺北：學生書局，1985 年），小說之部，上冊，頁 27 的註 10 中便提出懷疑這兩卷是否爲干寶原書的觀點。不過從《晉書・干寶傳》知其曾任司徒右長史，並著有《周易注》。見唐・房玄齡等撰，《晉書》（臺北：洪氏出版社，1975 年），卷 82，頁 2150～2151。而 De Woskin 於文中引述日人西野貞治〈搜神記考〉研究干寶其他著作的成果——其《晉紀》殘卷和《周易注》，一貫地顯示了干寶天人說的信仰，見《中國文學論著譯叢》，頁 17。由此二點著眼，這些異徵變形之所以出現於干寶的《搜神記》中是可以理解的。

> 曰：「陽變爲陰，將亡繼嗣，自相生之象。」一曰：「嫁爲人婦，生一子者，將復一世乃絕。」故後哀帝崩，平帝沒，而王莽篡焉。

同卷中，魏襄王十三年，有女子化爲丈夫生子之事，引京房《易傳》言：「女子丈夫，茲謂陰昌，賤人爲王；丈夫化爲女子，茲謂陰勝陽，厥咎亡。」和「男化爲女，宮刑濫；女化爲男，婦政行也。」此外漢獻帝七年，越巂有男子化爲女子之事，並引述周羣言：「哀帝時亦有此變，將有易代之事」，而後述建安二十五年獻帝封爲山陽公的史實。除了人形男女的變易外，尙有以雞之雌雄作爲同樣的徵兆。〔註 49〕

異類相生的變易現象亦被釋爲某一特定的徵兆，如《搜神記》卷七中以之相應於永嘉之亂：

> 永嘉五年，抱罕令嚴根婢產一龍、一女、一鵝，京房《易傳》曰：「人生他物，非人所見者，皆爲天下大兵。」時帝承惠帝之後，四海沸騰，尋而陷於平陽，爲逆胡所害。

同書卷六中載秦孝公二十一年有馬生人，昭王二十年牡馬生子，引京房《易傳》曰：「方伯分威，厥妖牡馬生子。上無天子，諸侯相伐，厥妖馬生人。」其所指的是秦東侵諸侯，雖兵革成功，終還自滅之事，〔註 50〕而永嘉中，壽春城有豕生人，相應於元帝之敗；而《搜神記》卷六載周哀王九年晉有豕生人；〔註 51〕和周烈王六年林碧陽君之御人產二龍，雖不知其確切相應於何事，

〔註 49〕《後漢書・五行志》列舉宣帝和元帝時雌雞化爲雄雞之事，以相應於王莽篡漢之事，此《搜神記》卷六亦錄。而其關鍵就是「立王皇后」，雌化爲雄爲因女子而亂國之兆，一如前述男女變易，陰勝陽，亦外戚握權之徵。於《搜神記》同卷中亦言漢靈帝光和元年，南宮侍中寺，雌雞欲化爲雄，一身毛皆似雄，但頭冠尚未變之事，然並未言其徵兆之義。《後漢書・五行志》對此變易釋爲黃巾之亂相應，與前述雌雞化爲雄雞所代表的徵兆不符。若據《後漢書・靈帝紀》和〈皇后紀〉，則光和三年的異徵似與光和三年立何皇后，以至中平六年其兄何進欲誅宦官而失敗，結果引至兵亂之事有關。

〔註 50〕《漢書・五行志第七下之上》言：「孝公始用商君攻守之法，東侵諸侯，至於昭王，用兵彌烈。其象將以兵革抗極成功，而還自害也。牡馬非生類，妄生而死，猶秦恃力彊得天下，而還自滅之象也。」同註 26，頁 1469。

〔註 51〕其文之上載有周哀王八年鄭女生四十人之事，汪紹楹言此則出於《汲冢紀年》。據清・朱右曾輯錄，王國維校補，《古本竹書紀年輯校》，《王觀堂先生全集》（臺北：文華出版公司，1968 年），第 13 冊，頁 5538，載於晉定公二十五年一則爲「二十五年，西山女子化爲丈夫，與之妻，能生子，其年鄭一女而生四十人」。晉定公二十五年爲周敬王三十三年，而周並未有哀王一朝，應爲魯哀公八年，故此「九年」亦不可靠。

但依述各則而知，其必爲咎徵。而異類相生又不限於人獸之間，故《搜神記》卷六中，記漢成帝綏和二年燕生雀，引京房《易傳》言：「生非其類，子不嗣世」，與前述數則意涵大抵雷同。同卷中所錄東漢桓帝延熹五年牛生雞之事，殆亦亡國末世之徵；而魏景初元年燕生巨鷇，文中明言司馬氏篡魏，亦爲此類。

然六朝小說中用之於現出徵兆的變形，絕不僅此三類中所述，但可見此變形特色之一般。由敘述中可知變形的現象只是用以顯現特定的人事，而成爲一種通則。而從這些變形皆出現於紛亂衰敗的時代，且多爲不祥之徵，文中又以「妖」稱之，故雖然變形徵兆於未來之人事變動，但亦表示變形的產生是先由於人事的不臧，由此觀來，變形既爲果又爲因。

此外，有些變形的出現完全是作爲一種顯示未來人事變易的徵兆，而其出現未有一定的規律。從其變形主體多爲神異之物而觀，可知其中神異之物的出現還是與現世情況有關，故此雖不是干寶在〈妖怪論〉和〈變化論〉所解釋的變化，但這些故事的根本觀念仍是漢代天人相應之說。顯示這些故事的敘事重心在於能變之物，而較具有故事性。如《搜神記》卷八所錄熒惑星的故事：

> 吳以草創之國，信不堅固，邊屯守將，皆質其妻子，名曰「保質」。童子少年，以類相與娛遊者，日有十數。孫休永安三年三月，有一異兒，長四尺餘，年可六七歲，衣青衣，忽來從羣兒戲。諸兒莫之識也，皆問曰：「爾誰家小兒，今日忽來？」答曰：「見爾羣戲樂，故來耳！」詳而視之，眼有光芒，爚爚外射。諸兒畏之，重問其故，兒乃答曰：「爾恐我乎？我非人也，乃熒惑星也。將有以告爾：三公歸於司馬。」諸兒大驚。或走告大人。大人馳往觀之。兒曰：「舍爾去乎！」聳身而躍，即以化矣。仰而視之，若曳一疋練以登天。大人來者，猶及見焉。飄飄漸高，有頃而沒。時吳政峻急，莫敢宣也。後四年而蜀亡，六年而魏廢，二十一年而吳平，是歸於司馬也。

熒惑星據《漢書・天文志》之說，爲配合五行說的五星之一，爲一罰星，它出現的方位、時間預兆著禍患，〔註52〕在此卻爲童子之貌，降臨人間，預言朝代

〔註52〕《漢書・天文志》的記載是：「熒惑曰南方夏火，禮也，視也。禮虧視失，逆夏令，傷火氣，罰見熒惑。逆行一舍二舍爲不祥，居之三月國有殃，五月受兵，七月國半亡地，九月地太半亡。因與俱出入，國絕祀。熒惑爲亂爲賊，

更易。〔註 53〕同卷中所收陳寶祠的故事，其中陳寶神物可化為童子、雉、石、赤光，秦穆公霸與漢光武帝興的原因，皆與其出現有關，故亦可歸類於此。而個人的興亡禍福亦有繫於異常的變形徵兆，如《搜神記》卷九所錄張顥故事：

> 常山張顥，為梁州牧。天新雨後，有鳥如山鵲，飛翔入市，忽然墜地，人爭取之，化為圓石。顥椎破之，得一金印，文曰：「忠孝侯印。」顥以上聞，藏之秘府。後議郎汝南樊衡夷上言：「堯舜時舊有此官，今天降印，宜可復置。」顥後官至太尉。

山鵲化為圓石，其中有金印而預言張顥未來的官銜，同卷中張氏得鳩所化之金鈎而富，同樣顯示極強烈命定觀。

就以上述的異徵故事，可歸得下列二點：

（一）變形為顯示人事變易的徵兆。

（二）變形主體或為凡俗之物或為神異之物，前者產生形體變易的原因，由敘述中可知是基於人事的非常。

第三章中變形故事和本章所述物魅變形故事，雖是由變形的特質上劃分的結果，但其亦截然地呈現出變形主體的統一，如精魂變形是人變為其他物類，而物魅變形是由物類化形為人，但於異徵變形則是全就其變形特質而言的，即變形的現象，是為相應於人事變遷的徵兆，或繫於國家的興亡盛衰，或繫於個人的吉凶禍福。

除了有關以神物之變作為異徵的故事中，變形方有了自主性外，嚴格而論，這些異徵變形的重點在於人事而非變形，尤其是關涉及政治的部份，若以「政治神話」視之，則更適切，因從人類心理著眼，異徵變形和先秦的感生神話是在同一水平之上。但從這些異徵變形本事多見於史書〈五行志〉和〈符瑞志〉，〔註 54〕又文中數引易家之言，可知其後已樹立了理性的思想背

為疾為喪，為飢為兵，所居之宿國受殃。殃還至者，雖大當小；居之久殃乃至者，當小反大。已去復還居之，若居之而角者，若動者，繞環之，及乍前乍後，乍左乍右，殃愈甚。一曰，熒惑出則有大兵，入則兵散。周還止息，乃為其死喪。寇亂在其野者亡地，以戰不勝。東行疾則兵聚于東方，西行疾則兵聚于西方；其南為丈夫喪，北為女子喪。熒惑，天子理也，故曰雖有明天子，必視熒惑所在。」同註 26，卷 26，頁 1281。

〔註 53〕《論衡・訂鬼篇》中有「世謂童謠熒惑使之彼言，有所見也」之言，蓋當時已為一普遍傳說。

〔註 54〕《搜神記》卷 6、卷 7 共有 124 則，據汪紹楹之注，其中本事見於《漢書・五行志》有 33 則，見《後漢書・五行志》的有 19 則，見於《晉書・五行志》

景，即陰陽五行思想，並以之配合人事所形成的天人相應說和災異瑞應之說。反視第一節所述《搜神記》卷六之首的〈妖怪論〉所謂「本於五行，通於五事。雖消息升降，化動萬端。其於休咎之徵，皆可得域而論矣。」即在闡釋異徵的產生及意義，而對於異徵本身則又歸因於精氣依物而致氣亂之故，由此便可推得人事相應至物類的憑藉是氣，此必然與漢代氣化的宇宙觀相涉。

由上述六朝小說的變形故事，可知從變形成因而觀，是可以納於氣化思想之下，尤其是異徵變形故事部份，幾全是由漢代基於氣化思想所建立天人相應觀念下的產物，雖則在先秦時代就有「妖由人興」的觀念，〔註 55〕但至漢代以後，添加上了陰陽五行的氣化觀，以之附會史事，異徵變形故事因此而產生了。至於殊方異物和物老成怪的故事，大致上皆為當時的傳說，其中所含域別形殊或老物成魅的觀念是當時遍見的，故事便據此而展開了其神異性，人們也以之陳述其所思所念，其中蘊含之意義，就不是由氣化宇宙論可以完全解釋的，對於當時社會的背景，可能需要更多的了解，方能掌握其意涵。

宇宙論是漢人對宇宙萬物的生成提出的觀點，以氣為萬化本質，實受到了《莊子》天下一氣的觀念影響，不過漢代的宇宙論或以五行分化氣，或以稟氣之多少，來說明萬物種種類別，同時亦將人突顯於萬物之上，並基於此一氣化觀發展出氣易形變的變形觀，於是在晉・干寶的《搜神記》中，便出現詮解變形的理論——〈變化論〉。而六朝小說中的一些變形故事，變形產生的原因，完全可相應於〈變化論〉的觀點，尤其是作為異徵的變形。而從其他的民間傳說中，亦可明白〈變化論〉中所述之看法，實為當時所遍見，只不過沒有特別去強調其形上依據，同時也顯露了其他方面的意義。

的有 2 則，見於《宋書・五行志》的有 18 則，同時見於《漢書・五行志》和《後漢書・五行志》的有 2 則，見於《晉書・五行志》和《宋書・五行志》的有 37 則，見於《漢書・五行志》、《後漢書・五行志》和《宋書・五行志》的有 1 則，一共有 112 則，實可說是卷 6、卷 7 都見於史書的〈五行志〉。卷 8 中共有 10 則，見於《宋書・符瑞志》的便有 5 則，見於《晉書・五行志》和《宋書・五行志》的有 1 則。卷 9 有 14 則，見於《晉書・五行志》和《宋書・五行志》的有 3 則。

〔註 55〕《左傳・莊公十四年》：「初，內蛇與外蛇鬪於鄭南門中，內蛇死。六年而厲公入。公聞之，問於申繻曰：『猶有妖乎？』對曰：『人之所忌，其氣燄以取之。妖由人興也。人無釁焉，妖不自作。人棄常，則妖興，故有妖。』」見楊伯峻，《春秋左傳注》，頁 196～197。妖之所以產生是因為人棄常而有釁隙之故。

第五章　六朝小說中的變形與神仙觀念

在先秦神話中已見以變形詮釋死亡的意義，《莊子》又以「化」貫穿萬物的生死，變形與不死在初民的心理和《莊子》的思維中，有著必然的關係。而後出強調長生的神仙觀念又和變形存有什麼樣的關係呢？前一章提到六朝文士在討論人形能否變易的問題時，實涉及他們對人是否可以成仙的爭論。在本章中我們先看看他們如何由變形爭論成仙的可行性？並試由他們的爭論，更進一步地探討變形之於成仙的意義，同時考索受到神仙思想影響的六朝小說所呈現的變形意涵為何？而此意涵反映出那些神仙觀念？並一一詳加討論這些神仙觀念如何形成。

第一節　六朝文士以變形論成仙之說

對於人變形而長生的論述，早出於《國語・晉語九》：

> 趙簡子歎曰：「雀入于海為蛤，雉入于淮為蜃。黿鼉魚鱉，莫不能化，唯人不能，哀夫！」〔註1〕

趙簡子這段話顯示出兩個意義，即在他的觀念中，雀、雉、黿鼉魚鱉具有變易其形的能力，而變易形體代表著壽命的延長。其次是人不具有這樣的能力，所以人的壽命有限，故值得悲哀。由竇犨的回答「……哀名之不令，不哀年

〔註1〕見吳・韋昭注，《國語》，卷15，頁498～499。

之不登。……」，更可確定前述的意義。此代表當時已意識到人形不可變易，然這段出現於先秦的對話，卻引起後世的爭辯，尤其在神仙觀念興起之後。在漢代已認為變形與成仙密切相關，王充一再強調人形不可變易，實針對當時充盈的「羽化登仙」說法而立論，他以實證的精神，觀察物類變形並沒有增壽，故推得人變形亦無益於壽命的增加，所以他認為神仙之說是虛妄不可信的。而且他深信人是天地間至貴之物，不可輕易變形：

> 人願身之變，冀若蟲虵之化乎？夫蟲虵未化者，不若不化者。蟲虵未化，人不食也；化為魚鱉，人則食之。食則壽命乃短，非所冀也。……魯公牛哀寢疾，七日變而成虎；鯀殛羽山，化為黃能，願身變者，冀牛哀之為虎，鯀之為能乎？則夫虎能之壽，不能過人，天地之性，人最為貴，變人之形，更為禽獸，非所冀也。凡可冀者，以老翁變為嬰兒，其次，白髮復黑，齒落復生，身氣丁彊，超乘不衰，乃可貴也。徒變其形，壽命不延，其何益哉？……蠶食桑老，績而為蠒，蠒又化而為蛾，蛾有兩翼，變去蠶形。蠐螬化為復育，復育轉而為蟬，蟬生而兩翼，不類蠐螬。凡諸命蠕蜚之類，多變其形，易其體；至人獨不變者，稟得正也。生為嬰兒，長為丈夫，老為父翁，從生至死，未嘗變更者，天性然也。天性不變者，不可令復變；變者，不可不變。……人欲變其形，輒增益其年，可也。如徒變其形，而年不增，則蟬之類也，……人稟氣於天，氣成而形立，則命相須，以至終死，形不可變化，年亦不可增加。……圖仙人之形，體生毛，臂變為翼，行於雲，則年增矣，千歲不死，此虛圖也。世有虛語，亦有虛圖，假使之然。（《論衡・無形篇》）

據其說，變形的意義在於年壽的增加，若徒變其形，無益於壽，則為無謂之舉，如他所舉之物。人已為天地至貴，何冀改易形體呢？這是王充由其氣成命定之說，加以實證的觀點，提出的反神仙之說，更以人本主義去強調人形不可變易。

曹植曾於〈辯道論〉中亦以雉燕之化為說，認為神仙實不可冀：

> 夫雉入海為蛤，鷰入海為蜃，當其徘徊其翼，差池其羽，猶自識也，忽然自投，神化體變，乃更與黿鱉為羣，豈復自識翔林薄巢垣屋之娛乎！……而顧為匹夫所罔，納虛妄之辭，信眩惑之說，……經年累稔，終無一驗。……然壽命長短，骨體強劣，各有人焉，善

養者終之，勞擾者半之，虛用者夭之，其斯之謂矣。〔註2〕

曹植亦以實際的經驗，駁斥神仙之術，雖其未建立一套變化觀念，然由其所舉雉燕之例，可見當時論神仙之辯，都引以為例。

在干寶〈變化論〉中，並未觸及這個問題，然於《搜神記》中確有備記神仙之說，流露了當時一般的看法，於下一節中再詳述。而與干寶同時的葛洪，〔註3〕卻站在神仙家的立場，提出了正面的申張：

……若謂受氣皆有一定，則雉之為蜃，雀之為蛤，壤蟲假翼，川蛙翻飛，水蠣為蛉，荇苓為蛆，田鼠為鴽，腐草為螢，鼉之為虎，蛇之為龍，皆不然乎？若謂人稟正性，不同凡物，皇天賦命，無有彼此，則牛哀成虎，楚嫗為黿，枝離為柳，秦女為石，死而更生，男女易形，老彭之壽，殤子之夭，其何故哉？苟有不同，則其異有何限乎？（《抱朴子・論仙篇》）

雖然葛洪亦認為天地萬物亦由氣化而成，所謂「夫人在氣中，氣在人中，自天地至於萬物，無不須氣以生者也。」（〈至理篇〉）但他不認為萬物受稟氣之限，而不得變易其形，故他舉出了生物的變化和傳說中的人形變易，以述明萬物皆可變化其形，據此而推衍出「以術延命」的可能。

這些由變形的觀點，來討論神仙的可實現性，實顯示了變形與成仙存在著一個必然的關係，而此變形成仙的觀念又是如何形成的呢？就六朝小說中所呈現的觀點，再做進一步的推究。

第二節　六朝小說中神仙變形故事之意涵與神仙觀念的形成

本節意欲闡釋六朝小說中所呈現的變形意涵與神仙觀念形成之關係。

一、六朝小說中神仙變形故事之意涵

神仙是六朝小說中極重要的角色，其超凡的能力所產生的奇異，常為六朝小說的題材，而其中尤以「變易形體」的情節最為常見，幾乎成為神仙最

〔註2〕見清・嚴可均輯，《全上古三代秦漢三國六朝文》，《全三國文》，卷18，頁1152。

〔註3〕在《晉書・葛洪傳》中言：「干寶深相親友，薦洪才堪國史，選為散騎常侍，領大著作，洪固辭不就。」可見葛洪干寶來往甚切。見唐・房玄齡等撰，《晉書》（臺北：洪氏出版社，1975年），卷72，頁1911。

主要的形象。然而神和仙本爲不同的觀念，但在六朝小說中二者漸趨混淆，〔註4〕其原因是神仙思想的發展。

最常見於六朝小說中的神仙變形故事類型是世人學道成仙化爲禽鳥之形（以鶴爲主），這一類的故事以《搜神後記》卷一的丁令威故事最著名：

> 丁令威，本遼東人，學道于靈虛山。後化鶴歸遼，集城門華表柱。時有少年，舉弓欲射之，鶴乃飛，徘徊空中而言曰：「有鳥有鳥丁令威，去家千年今始歸；城郭如故人民非，何不學仙冢壘壘？」遂高上沖天。今遼東諸丁云其先世有升仙者，但不知名字耳。〔註5〕

此外，《異苑》卷三中出現的二白鶴故事與丁令威故事極爲相近，《搜神記》卷十四隱居夫婦化爲雙鶴和《幽明錄》中巴東道士化爲白鷺亦可同觀。

除了化鶴成仙之外，六朝小說中有更進一步把變形視爲仙的能力，如《搜神記》卷一中所錄王子喬故事：

> 崔文子者，泰山人也。學仙于王子喬。子喬化爲白蜺，而持藥與文子。文子驚怪。引戈擊蜺，中之，因墮其藥。俯而視之，王子喬之尸也。置之室中，覆以敝筐。須臾，化爲大鳥。開而視之，翻然飛去。

同卷載八老公詣淮南王，展現其變形能力，亦具有同樣的意義，而文中所敘〈淮南操〉，更將神仙之特色流露無遺：

> 明明上天，照四海兮。知我好道，公來下兮。公將與余，生羽毛兮。升騰青雲，蹈梁甫兮。覩看三光，遇北斗兮。驅乘風雲，使玉女兮。

神仙是可自在翺翔的，但須具羽毛以升騰，似乎〈淮南操〉中已隱隱透露出成仙須化爲禽鳥之形的契機。而其中言公自天來下，則表示天爲仙者所居。是故在六朝小說許多下凡的神實爲仙。

關於神之變形，或爲天帝使者、西王母使者以禽鳥之形來去世間，或爲神女與凡人結爲夫婦的故事。

〔註4〕李劍國認爲「從廣義上說，一切天神地祇，世界的全部或一部分的主宰者都是神，……神是神話和宗教迷信的主人公。仙不同於神，是長生得道之人。……仙的概念出現遠較神爲晚，後來往往合稱神仙，神和仙不大區分了。」見氏著，《唐前志怪小說史》（天津：南開大學出版社，1984年），頁11～12。

〔註5〕見晉・陶潛撰，王根林校點，《搜神後記》，《漢魏六朝筆記小說大觀》，頁442。

以天帝使者下凡的故事，載於《搜神記》卷四，天帝使者欲下隱居於陽城山中的戴文謀家，後爲文謀所疑，化爲大鳥飛去，從者亦化爲白鳩。而西王母使者故事亦見《搜神記》卷二十：

> 漢時弘農楊寶，年九歲時，至華陰山北，見一黃雀，爲鴟梟所搏，墜於樹下，爲螻蟻所困。寶見愍之，取歸，置巾箱中，食以黃花。百餘日，毛羽成，朝去暮還。一夕三更，寶讀書未臥，有黃衣童子，向寶再拜曰：「我西王母使者，使蓬萊，不愼爲鴟梟所搏。君仁愛見拯，實感盛德。」乃以白環四枚與寶，曰：「令君子孫潔白，位登三事，當如此環。」

此則故事雖含有報應的觀念，但從變形主體而觀，卻是西王母使者，「使蓬萊」即表示其非凡的身分。此外《搜神記》卷十一的顏含故事中，青衣童子持藥予人，然後化爲青鳥飛去，似與西王母有關。〔註6〕

由神降於隱者之家及西王母的出現，均可聯想至神仙思想的影響。

人神相戀爲六朝小說中常見之主題，其中明顯地帶有神仙色彩的是與漢武帝有關的故事，如《洞冥記》卷四所錄一則故事：

> 唯有一女人愛悅于帝，名曰巨靈。帝傍有青珉唾壺，巨靈乍出入其中，或戲笑帝前。東方朔望見巨靈，乃目之，巨靈因而飛去。望見化成青雀，因其飛去，帝乃起青雀臺，時見青雀來，則不見巨靈也。〔註7〕

凡與漢武帝關涉的女子，多爲青鳥形象，在《漢武故事》中，拳夫人尸解成仙後，復以青鳥之形再現，同樣地顯現了這一點。而在《漢武帝內傳》中，西王母使女和上元夫人之從官皆爲著青衣的女子。〔註8〕由此而觀，青鳥與神

〔註6〕據《山海經‧海內北經》（袁珂認爲此應爲〈海內西經〉）所載有三青鳥西王母取食。

〔註7〕見漢‧郭憲撰，王根林校點，《漢武帝別國洞冥記》，《漢魏六朝筆記小說大觀》，頁136。

〔註8〕如傳中所述：「四月戊辰，帝夜閑居承華殿，東方朔、董仲舒侍。忽見一女子，著青衣，美麗非常。帝愕然問之，女對曰：『我墉宮玉女王子登也，向爲王母所使，從昆山來。』……王母唯扶二侍女上殿，年可十六七，服青綾之褂。……當二時許，上元夫人至，來時亦聞雲中簫鼓之聲，既至，從官文武千餘人，皆女子，年同十八九許，形容明逸，多服青衣，光彩耀目，眞靈官也。」見佚名撰，王根林校點，《漢武帝內傳》，《漢魏六朝筆記小說大觀》，頁140，頁141～142，頁147。

女形象關係實切。而在《搜神後記》卷一所錄袁相根碩入仙鄉遇青衣美女，後歸，女子腕囊中飛出小青鳥，實暗示出爲青衣女所變，即表示仙境雖從天上移至人間，但仙女的青鳥形象卻依然保存。

但並非所有的神女都是以青鳥之形出現的，在六朝小說中有一則人神相戀的故事，其主要情節爲神女化爲某物之形至塵世幫助凡夫，而後離開人世。如《搜神記》卷一中所錄園客的故事：

> 園客者，濟陰人也。貌美。邑人多欲妻之，客終不娶。嘗種五色香草，積數十年，服食其實。忽有五色神蛾，止香草之上。客收而薦之以布，生桑蠶焉。至蠶時，有神女夜至，助客養蠶。亦以香草食蠶，得繭百二十頭，大如甕。每一繭，繅六七日乃盡。繅訖，女與客俱仙去，莫知所如。

此則故事亦爲《列仙傳》所收，其中雖未明言五色神蛾爲神女所化，但從文本前後敘述，便可推知。而從故事結尾，二人仙去，更可知神女實爲仙女。《搜神後記》卷五所載白水素女的故事，實亦相類，不過其是以螺化形。

這些神的化形故事，神仙思想的影響之跡皆可由故事中得知；而且其必出於仙之觀念產生之後。

據上述之神仙變形故事，可知：

（一）變形爲自體的能力，具此能力方得成爲仙。

（二）所變之物多爲能飛之鳥類。

據此顯示神仙變形故事與神仙思想密切相關，其變形傾向和故事人物都可在神仙思想下釋然。

此外，須附錄於此的是在六朝小說中關涉及佛教的幾則故事，其中亦述及沙門化爲鳥形，如《冥祥記》中的李恆故事；或雙鶴化爲人形助人之困，如《冥祥記》中彭子喬故事。雖佛教自有其變形之說，〔註9〕但此明顯地受了神仙變形的影響。〔註10〕

〔註 9〕《四十二章經》言道者若能屏除愛欲，宅心仁慈，而定戒律，行禪法，禁殺生，貴施與，修持積久，則可得道，成阿羅漢，阿羅漢者能飛行變化、住壽命、動天地。見湯用彤，《漢魏兩晉南北朝佛教史》（臺北：鼎文書局，1985年），頁 100。

〔註 10〕此正符合李劍國所謂「仙本是神仙家和道教的術語，佛教在中國傳開後，仙也進入了佛門。」同註 4，頁 12。

二、神仙觀念的形成及其與變形之關係

由六朝文士爭論人成仙問題的焦點置於變形，又六朝小說中所見之神仙皆可變形，這便意味變形成仙是當時遍存的觀念，而此觀念如何形成，自必須追溯神仙觀念的內蘊，方能得知變形在神仙觀念中的意義。

（一）神仙觀念的形成

一般所謂的神仙實指「仙」而言，《說文》以「長生僊去」釋「僊」，〔註 11〕這是漢代人所塑立的神仙觀念，其中包括了「仙」最重要的特質：一、長生，二、僊去。「僊」實爲描述神仙的狀詞，「長生」是言生命的長存，亦是不死之義，「僊去」則言遠離現實世界，更進一步來看，便意味了仙境的存在。前者是突破時間的限止，後者則表示不受空間的阻隔。「僊」者便是一不爲現實時空所拘限的存在。神仙觀念何時出現雖不易確定，但由其所具不死和遠離現實世界的特徵而觀，可知在先秦的典籍中，這些超乎現實的觀念，早已展開。

1.《山海經》中啟蒙神仙思想之素材

雖然在神話中已出現了變形替代死亡的故事，但神話與仙話是不同的，中國是先有神話，才出現了仙話，袁珂曾述及仙話的主要內容是「凡人只要經過修煉，或者服食了某種藥物，就可以達到長生不死，進一步還能夠升天而成爲神仙」，〔註 12〕雖是說明仙話的內容，事實上也是定義神仙，而他認爲《山海經》中的某些內容受到仙話的影響，〔註 13〕從其所舉的受仙話影響的例子而觀，其實具有奇異特質，而與巫的性質相近。如照袁珂自己對仙話的定義而觀，這些記載並沒有修行的觀念，是不求而有的。袁珂之所以會作如此的主張，殆受了郭璞注的影響，如〈海外南經〉的羽民國，郭璞注「畫似仙人也」。〔註 14〕其實羽民國和任何一個殊方異類一般，只是其形特殊，並非是神仙。這一點袁珂自己也作如是主張。〔註 15〕王充曾在其《論衡・無形篇》中有言：「海外三十五國，有毛民、羽民，羽則翼矣。毛羽之民，土形所出，非言爲道

〔註 11〕「僊，長生僊去，从人䙴，䙴亦聲。」見漢・許慎撰，清・段玉裁注，《說文解字注》，卷 15，頁 387。

〔註 12〕見袁珂，〈略論山海經的神話〉，收錄於《山海經校注》，頁 533。

〔註 13〕同前註。

〔註 14〕見袁珂，《山海經校注》，頁 187。

〔註 15〕同前註，頁 196。

身生毛羽也。……不死之民，亦在外國，不言有毛羽。毛羽之民，不言不死；不死之民，不言毛羽。」其目的雖是在駁斥身生羽成仙之說，但其言卻掌握了《山海經》記述海外之民，並沒有以神仙觀念出之。此外，〈大荒南經〉中巫山「帝藥，八齋」，郭璞注：「天帝神仙藥在此也」。〔註 16〕〈海內經〉中肇山爲「柏高上下于此，至于天」，郭璞注：「柏子高，仙者也」。〔註 17〕這些都是受了郭璞個人背景的因素影響，才會有傾向於神仙家之說。雖然《山海經》中未見仙話，但它確實啓蒙了神仙思想，其所出現的不死地域和藥方、崑崙以及西王母與其使者三青鳥，實已提供了後世神仙馳騁的空間。

（1）不死的地、物存在

在第二章的討論中已提及《山海經》有不死民、不死國和不死之山的存在。這些殊方異類，僅具異人奇地之義，一如其餘的海外奇國異民，如不死民具有異形異稟——爲人黑色、壽不死，是天生的，而非靠修鍊得來的。除此而外，《山海經》中尚存有「食之乃壽」的不死樹和不死藥，而巧合的是二者皆在崑崙山上：

> 昆侖南淵深三百仞。開明獸身大類虎而九首，皆人面，東嚮立昆侖上。……開明南北有……不死樹。……開明東有巫彭、巫抵、巫陽、巫履、巫凡、巫相，夾窫窳之尸，皆操不死之藥以距之。……（〈海內西經〉）

不死樹和《山海經》中眾多異物相同，具有巫術性格，尤其不死之藥由巫操之，〔註 18〕據此而觀，不死樹和不死藥爲不死的憑藉，若得則可壽而不死，它們的出現自然便隱含了可求得的可能性。

（2）崑崙的神山性格

崑崙山是《山海經》中的重地，於書中多次出現，而對崑崙較詳細的描繪見於〈西次三經〉、〈海內西經〉和〈大荒西經〉：

> 西南四百里，曰昆侖之丘，是實惟帝之下都，神陸吾司之。……是神也，司天之九部及帝之囿時。……有鳥焉，其名曰鶉鳥，是司帝

〔註 16〕同前註，頁 366。

〔註 17〕同前註，頁 444。

〔註 18〕據周策縱的考證，古代巫醫不分，即巫具有醫的能力和身份。見氏著《古巫醫與「六詩考」——中國浪漫文學探源》（臺北：聯經出版事業公司，1986 年），頁 85。

之百服。有木焉，……名曰沙棠，可以禦水，食之使人不溺。有草焉，名曰蘨草，……食之已勞。(〈西次三經〉)

海內昆侖之虛，在西北，帝之下都。昆侖之虛，方八百里，高萬仞。上有木禾，長五尋，大五圍。面有九井，以玉爲檻。面有九門，門有開明獸守之，百神之所在。在八隅之巖，赤水之際，非仁羿莫能上岡之巖。(〈海內西經〉)

西海之南，流沙之濱，赤水之後，黑水之前，有大山，名曰昆侖之丘。有神——人面虎身，有文有尾，皆白——處之。其下有弱水之淵環之，其外有炎火之山，投物輒然。有人，戴勝，虎齒，有豹尾，穴處，名曰西王母。此山萬物盡有。(〈大荒西經〉)

從文中可知《山海經》的崑崙山具有下述特點：

①就其方位而言：位於西方。

②就其性質而言：是帝之下都、百神所在，亦爲群巫所在，有開明獸守護，西王母亦在此。

③就其形製而言：由「方八百里、高萬仞」的敘述可知崑崙爲一座大山。

④就其出產而言：萬物盡有，值得注意的是有不死樹和不死之藥。

從崑崙山爲帝之下都和巫、神聚集之所，同時有神獸看守，並沒有「人」雜於其間，唯仁羿可及；且又爲萬物盡有之地，有著不死樹和不死藥；崑崙實有神聖的意象。而後在《淮南子・地形篇》中，崑崙山成爲登天之梯而登之者可以不死，甚而能使風雨，成爲神，〔註 19〕崑崙已漸具神山性格。在漢代《河圖・括地象》中更說其爲「神物之所生，聖人仙人之所集」之地。〔註 20〕在道教經典之中崑崙亦爲重要的仙地。〔註 21〕

關於登天之說，《山海經》中論及登天的憑藉有二：一爲建木、一爲山。

〔註 19〕《淮南子・地形篇》：「……昆侖之丘，或上倍之，是謂涼風之山，登之而不死；或上倍之，是謂懸圃，登之乃靈，能使風雨；或上倍之，乃維上天，登之乃神，是謂太帝之居。」見漢・劉安撰，劉文典集解，《淮南鴻烈集解》，葉 4。

〔註 20〕見安居香山、中村璋八輯，《緯書集成》，頁 1095。

〔註 21〕《太平經》卷 110，庚部之 8：「惟上古得道之人，……當昇之時，傳在中極。中極一名崑崙。」見王明編，《太平經合校》（北京：中華書局，1960 年），頁 532。

據〈海內經〉對建木外觀的描述爲「百仞無枝，有九欘，下有九枸」，建木實爲一擎天大柱。袁珂對文中「大暭爰過」之意釋爲「上下於此，至於天」之意。〔註22〕而在〈大荒西經〉的互人之國的互人能「上下于天」，又〈海內南經〉「氐人國在建木西」，據眾家校訂，〈大荒西經〉的互人國就是〈海內南經〉的氐人國。〔註23〕氐人之所以能上下於天，經由建木之可能尤大。《淮南子・地形篇》便言：「建木在都廣，眾帝所自上下」，已確把建木視爲升天之梯。

而升高憑藉之山有：肇山，爲柏高上下于天之地，見〈海內經〉；又〈大荒西經〉的靈山，爲巫咸、巫即、巫盼、巫彭、巫姑、巫真、巫禮、巫抵、巫謝、巫羅十巫升降，百藥所在之處；而〈海外西經〉的登葆山，爲群巫上下所從之山。

值得留意的是，這些升天的憑藉都在西方，且近於《山海經》中樂土的所在，〔註24〕此自易引導神仙思想一個居處的方位，而將仙境建築於此。

（3）西王母與三青鳥

在前述〈大荒西經〉的崑崙一則中，已出現了西王母，是爲「戴勝，虎齒，有豹尾，穴處」之神，而〈海內北經〉〔註25〕又言：「西王母梯几而戴勝杖，其南有三青鳥，爲西王母取食。在昆侖虛北。」由此二則知西王母處於崑崙，且三青鳥爲其侍者。在〈西次三經〉卻言西王母居於距崑崙七百餘里的玉山，所述的西王母形相全同於〈大荒西經〉，並說明了西王母之職司爲「司天之厲及五殘」。

除了西王母的出現外，〈大荒西經〉中，又出現了在靈山之西，沃野之地的西王母山，〔註26〕同時在其後詳述三青鳥之名，可見此西王母山與西王母

〔註22〕同註14，頁450。

〔註23〕郝懿行云：「互人國即〈海內南經〉氐人國，氐、互二字，蓋以形近而譌，以俗氐正作互字也。」王念孫、孫星衍均校改互爲氐。同註14，頁280。

〔註24〕《山海經》中有類似人間樂園的境地，如〈海外西經〉、〈大荒西經〉的沃之野，和〈大荒南經〉的载民之國，以及〈海內經〉的都廣之野，其爲鸞鳥自歌、鸞鳳自舞、百獸相群爰處、百穀所聚之地，其民食鳳卵、飲甘露，可不織而服，不耕而食。實爲先民所構設出的樂土。其與崑崙最大的不同是人居於其中，故其可稱人間樂園。據《山海經》的記載，建木、肇山近於都廣之野，靈山近於沃之野。

〔註25〕袁珂認爲應爲〈海內西經〉，同註14，頁305。

〔註26〕文本作「王母之山」，據郝懿行、王念孫、孫星衍及袁珂的考證，應爲「西王

有關，殆亦爲西王母所居之地。

在《山海經》中的西王母僅爲一半人半獸形，職掌災厲刑殺的神，然其居於崑崙和崑崙附近的玉山，並與樂土——沃之野相涉，實易取之作爲仙話人物。在《穆天子傳》卷三中穆王所會的西王母則成爲兼具神話人格的西方之君，而其爲穆王謠曰：「將子無死」，〔註 27〕則更趨近了仙人性格，而其與穆王相會的情節，成爲後世神仙傳說的一種典型，三青鳥也附於其中，成爲不可缺少的角色。

作爲我國神話寶庫的《山海經》，對於神仙觀念的塑造，爲不死的異域殊民和不死之方的存在，予以不死可得的可能性，而崑崙的景象與升天的憑藉，使仙境的構設也有了固定的基礎，其中所出現的神、物，自易轉化爲仙話的人物，其中常見的就是西王母與三青鳥。一如前述的故事。

2.《莊子》思想超現實成份與神仙思想

《山海經》中素樸的意念，已爲滋養神仙觀念的元素，而先秦道家中莊子超脫現實的思想，亦爲神仙之思的先導。

在第二章中已論及老莊以「道」爲宇宙的本體、自然萬物的法則，老莊重視與道的冥合，而達到精神逍遙的境界，是故老莊是忽略形軀的，換言之，老莊是不求形體長存，故《老子》言：「益生曰祥」（五十五章）、「吾之所以有大患者，爲吾有身」（十三章）。〔註 28〕《莊子》以爲「靜然可以補病，眥媙可以休老」（〈外物篇〉）爲勞者之務，同時又排斥養形之人，「吹呴呼吸，吐故納新，熊經鳥申，爲壽而已矣。此道引之士，養形之人，彭祖壽考者之所好也」（〈刻意篇〉）。這些都足見其與神仙求長生背道而馳之處。

但是老莊認爲道是先驗的實有，即不受時空的拘限，故其所述之得道者實具有超越現實的性格，而老莊所言之得道的虛靜無爲功夫，自易爲神仙家所吸收。〔註 29〕同時《莊子》否認語言的傳達功能，而以近似神話的「象徵」來表達其道、得道者和得道的途徑，使得《莊子》更具超越現實的色彩，故

母之山」，同註 14，頁 397。

〔註 27〕見佚名撰，晉・郭璞注，王根林校點，《穆天子傳》，《漢魏六朝筆記小說大觀》，頁 14。

〔註 28〕見樓宇烈校釋，《老子周易王弼注校釋》，頁 146，頁 29。

〔註 29〕楊儒賓主張後世修鍊長生的道士，在功夫上應源自先秦的老莊。見氏著，《先秦道家「道」的觀念的發展》（臺北：國立臺灣大學出版委員會，1987 年），頁 129。

以之作爲豐潤神仙思想的討論主體。

（1）得道者的超現實性格

聞一多認爲在道家之前，有所謂的古道教，〔註 30〕《莊子》曾襲此宗教，李豐楙先生認爲《莊子》受薩瞞信仰的影響，方可塑造出水火不入的眞人，〔註 31〕楊儒賓先生更從昇天、水火不入和變形這三點，探討《莊子》與原始宗教之關係，〔註 32〕這些都是從《莊子》的內容而得之推論，皆可爲一解。然可確定的是，《莊子》中喻托得道的眞人、神人、至人，實已塑造了神仙的形象和能力：

> 藐姑射之山，有神人居焉，肌膚若冰雪，淖約若處子，不食五穀，吸風飲露。乘雲氣，御飛龍，而遊乎四海之外。其神凝，使物不疵癘而年穀熟。……之人也，物莫之傷，大浸稽天而不溺，大旱金石流、土山焦而不熱。（〈逍遙遊〉）

> 至人神矣！大澤焚而不能熱，河漢沍而不能寒，疾雷破山、風振海而不能驚。若然者，乘雲氣，騎日月，而遊乎四海之外。死生无變於己。（〈齊物論〉）

> 古之眞人，……登高不慄，入水不濡，入火不熱。是知之能登假於道者也若此。（〈大宗師〉）

綜合《莊子》中對神人、至人和眞人的描述，可以得到下述印象：

①其形貌爲「肌膚若冰雪」，是不染纖塵的軀體。

②其飲食爲「不食五穀，吸風飲露」，和《山海經》中沃民飲甘露有雷同之處。

③其體質爲外物不能侵害，水火不入。

④其能力可以雲氣、飛龍、日月爲工具，遊於四海之外，亦可使外物生長良好。

這樣的形象和能力，幾已成爲一超現實的存在。尤其《莊子》言眞人得道是

〔註 30〕見聞一多，〈道教的精神〉，《神話與詩》，《聞一多全集》第一冊（臺北：里仁書局，1993 年），頁 143～144。

〔註 31〕見李豐楙，《魏晉南北朝文士與道教之關係》，頁 406～407。

〔註 32〕見楊儒賓，〈昇天、變形與不懼水火——論莊子思想中與原始宗教相關的三個主題〉，《漢學研究》第 7 卷第 1 期（1989 年 6 月），頁 223～253。

用「登假」二字，在《莊子》中此二字爲習見的用語，〔註 33〕而於《墨子・節葬下》言：「秦之西有儀渠之國者，其親戚死，聚柴薪而焚之，燻上，謂之登遐」，而《楚辭・遠遊》中亦有「載營魄而登霞兮」之言。據此而觀，登假實有升高之意。

（2）東方神山的設立

又〈逍遙遊〉中提及神人居於藐姑射山，爲另一仙境出現的契機。此所言的藐姑射山爲《山海經》中的列姑射山，〔註 34〕而《山海經》的列姑射山爲南姑射山和北姑射山。〔註 35〕根據《山海經》行文目次，蓬萊和大人之市亦居於〈海內東經〉的海中，〔註 36〕不過《山海經》僅對其作一簡單敘述，故僅具地理方位的意義。《莊子》在此確將其作爲神人所在。而後《史記・封禪書》的三神山之說，其中便包括了蓬萊，〔註 37〕而《列子・湯問篇》所述的神山也列於東海之中，並將大人之市融於傳說之中，成爲完整的仙山傳說。〔註38〕而後蓬萊成爲繼西方崑崙而後，另一東方的仙山。

〔註 33〕除見於〈大宗師〉外，尚見於〈德充符〉：「彼且擇日而登假」，王叔岷先生認爲假與遐通，而假、遐並霞之借字，見氏著，《莊子校詮》上冊，頁 178～179。

〔註 34〕同註 14，頁 322。

〔註 35〕同前註。

〔註 36〕本文作〈海内北經〉，袁珂認爲應移入〈海内東經〉「鉅燕在東北陬」之後，同註 14，頁 321。

〔註 37〕《史記・封禪書》：「自威、宣、燕昭使人入海求蓬萊、方丈、瀛洲。此三神山者，其傳在勃海中，去人不遠；患且至，則船風引而去。蓋嘗有至者，諸僊人及不死之藥皆在焉。其物禽獸盡白，而黄金銀爲宮闕。未至，望之如雲；及到，三神山反居水下。臨之，風輒引去，終莫能至云。」見漢・司馬遷撰，《史記》，卷 28，頁 1369～1370。

〔註 38〕《列子・湯問第五》：「渤海之東，不知幾億萬里，有大壑焉，實惟無底之谷，其下無底，名曰歸墟。八紘九野之水，天漢之流，莫不注之，而無增無減焉。其中有五山焉，一曰岱輿，二曰員嶠，三曰方壺，四曰瀛州，五曰蓬萊。其山高下周旋三萬里，其頂平處九千里。山之中閒相去七萬里，以爲鄰居焉。其上臺觀皆金玉，其上禽獸皆純縞。珠玕之樹皆叢生，華實皆有滋味，食之皆不老不死。所居之人皆仙聖之種；一日一夕飛相往來者，不可數焉。而五山之根無所連箸，常隨潮波上下往還，不得蹔峙焉。仙聖毒之，訴之於帝，帝恐流於西極，失羣仙聖之居，乃命禺彊使巨鼇十五舉首而戴之，迭爲三番，六萬歲一交焉。五山始峙而不動。而龍伯之國有大人，舉足不盈數步而暨五山之所。一釣而連六鼇，合負而趣，歸其國，灼其骨以數焉，於是岱輿員嶠二山流於北極，沈於大海，仙聖之播遷者巨億計。」見楊伯峻，《列子集釋》（臺北：華正書局，1987 年），頁 151～154。由《列子》之文而觀，似乎先有五神山，後爲三神山，《史記》的三神山之說反而較晚，若據《楚辭・天問》

（3）聖人處壽之道

在《莊子》所述的神人、至人、眞人中，已隱然含藏著神仙的質素，而在〈天地篇〉所述之聖人亦爲得道之人，文中言其處壽之道：

> 夫聖人鶉居而鷇食，鳥行而无彰。天下有道，則與物皆昌；天下无道，則脩德就閒；千歲厭世，去而上僊，乘彼白雲，至于帝鄉。三患莫至，身常无殃，則何辱之有！

此則爲封人開導堯「壽而多辱」的執著。前數句本於道家和光同塵之旨，而「千歲厭世，去而上僊；乘彼白雲，至于帝鄉」則完全是「長生僊去」之意，彭毅先生認爲「僊」確定爲神仙之義，最早見於此。〔註39〕而文中以「鶉居」、「鷇食」、「鳥行」來喻無常居無常跡，仰物而足的自由自在，亦可說解仙人爲何多變爲鳥形。

（4）虛靜無為的養形之說

基本上《莊子》是以虛靜無爲的功夫來養其神，以達與道冥合的境界，其目的不在於長壽。但在〈在宥篇〉卻見虛靜之道用於養形之跡：

> 廣成子南首而臥，黃帝順下風膝行而進，再拜稽首而問曰：「聞吾子達於至道，敢問：治身奈何而可以長久？」廣成子蹶然而起，曰：「善哉問乎！來，吾語女至道。至道之精，窈窈冥冥；至道之極，昏昏默默。无視无聽，抱神以靜，形將自正。必靜必清，无勞女形，无搖女精，乃可以長生。目无所見，耳无所聞，心无所知，女神將守形，形乃長生。……我守其一以處其和，故我脩身千二百歲矣，吾形未嘗衰。」

雖然說的是守其一而處其和的虛靜功夫，但強調的是「形」和長生之說。〔註40〕

由《莊子》「藉外論之」的寫作方式，和其以虛靜無爲而達絕對逍遙所合構的超乎現實的境界，實使眾人產生嚮往之情，而後世更將其俗化，〔註41〕

「鼇戴山抃，何以安之？釋舟陵行，何以遷之？」所述，《列子》的神仙傳說，可能在戰國時便存在。

〔註39〕見氏著，〈《楚辭・遠遊》溯源——中國古代文學裡遊仙思想的形成〉，《楚辭詮微集》（臺北：臺灣學生書局，1999年），頁319～320。

〔註40〕同前註，頁319。

〔註41〕彭毅認爲老莊的思想，爲人類欲超越現實形軀的心理所俗化，同前註，頁322。

視爲實際存在的仙人和求仙的活動，由養神而養形，完全背馳了道家最初的精神。

3.《楚辭》超脫現世的意願與神仙思想的強化

《山海經》、《莊子》都各從其想像和思想的超現實成份去增添神仙形質和求仙方法的元素，《楚辭》的〈遠遊〉則進一步融合了神話與《莊子》而構成了一幅仙人行止的圖畫。

(1)《楚辭》中非現實之遊的意涵

《楚辭》中出現了多次不滿現狀的非現實之遊。在〈離騷〉中出現了三次，而在〈九章〉中的〈涉江〉和〈悲回風〉及〈九辯〉末亦曾出現，〔註42〕這些非現實之境是作者寓托神話中人與物所建構的。而這些非現實之遊的共同特色是：

①上征高馳的目標以西方的崑崙爲主，然後才展開無限制的遊歷。

朝發軔於蒼梧兮，夕余至乎縣圃。(〈離騷〉，第一次非現實之遊)

朝吾將濟於白水兮，登閬風而緤馬。(〈離騷〉，第二次非現實之遊)

……邅吾道夫崑崙兮，路修遠以周流。(〈離騷〉，第三次非現實之遊)

登崑崙兮食玉英，與天地兮同壽，與日月兮同光。(〈涉江〉)

馮崑崙以瞰霧兮，隱岐山以清江。(〈悲回風〉)

崑崙爲逃避現實的一必然之地，相對於現實的溷濁，崑崙自具有樂土的意義，雖然作者仍擺脫不去現實的憂傷，崑崙仍代表著一非現實之境。

②上征飛馳皆有所憑藉。

駟玉虬以椉鷖兮，溘埃風余上征。(〈離騷〉，第一次非現實之遊)

爲余駕飛龍兮，雜瑤象以爲車。……駕八龍之婉婉兮，載雲旗之委蛇。(〈離騷〉，第三次非現實之遊)

駕青虯兮驂白螭。(〈涉江〉)

椉精氣之摶摶兮，騖諸神之湛湛。驂白霓之習習兮，歷羣靈之豐豐。(〈九辯〉)

〔註42〕同註39，頁276～282。

這些憑藉與《莊子》所謂神人乘雲氣、駕飛龍，實爲相近。

上述的非現實之遊，強調了崑崙的神山性格，並言明遠離塵世，必須有所依憑。

（2）〈遠遊〉中已具的神仙修鍊之道

〈遠遊〉爲一迫於世俗的心靈，渴慕仙者，而欲成仙離世。在其中已出現了仙者，同時亦闡述了神仙的修鍊之道。〔註43〕

在〈遠遊〉中亦再次地強調凡俗之體若無憑藉，是無法上征的：

悲時俗之迫阨兮，願輕舉而遠游。

質菲薄而無因兮，焉託乘而上浮。

是故作者渴慕仙者：

聞赤松之清塵兮，願承風乎遺則。

貴眞人之休德兮，美往世之登仙。

與化去而不見兮，名聲著而日延。

奇傅說之託辰星兮，羨韓眾之得一。

赤松、傅說、韓眾爲登仙，已爲明見之仙人，而作者相從之王喬，亦同於這般仙人，文中所載問王喬之道，實爲求仙之道：

軒轅不可攀援兮，吾將從王喬而娛戲。

餐六氣而飲沆瀣兮，漱正陽而含朝霞。

保神明之清澄兮，精氣入而麤穢除。

順凱風以從游兮，至南巢而壹息。

見王子而宿之兮，審壹氣之和德。

曰：「道可受兮不可傳。

其小無內兮其大無垠。

無滑而魂兮彼將自然。

壹氣孔神兮於中夜存。

虛以待之兮無爲之先。

庶類以成兮此德之門。」

所謂「餐六氣而飲沆瀣，漱正陽而含朝霞」，幾近於藐姑射山神人的「餐風飲露」。而「保神明之清澄，精氣入而麤穢除」則近於導引之士、養形之人的

〔註43〕王逸注：「閬風，山名，在崑崙之上」，見《楚辭補註》，頁56。閬風即《淮南子》所謂的涼風，見註19所引。

「吹呴呼吸，吐故納新」。王喬所言之道全爲老莊思想。在此，〈遠遊〉非但以食氣、吐故納新來作爲實踐神仙之法，而老莊虛靜的功夫亦被襲用爲成仙的修鍊歷程。

《楚辭》中的非現實之遊和〈遠遊〉一篇，實際上都是一個困阨心靈欲超脫現實的追尋，神話和《莊子》的超現實素材正提供了追尋的目標和方法，而龔鵬程認爲「追尋和求仙經常交纏不可分」，〔註 44〕《楚辭》中所具有神仙的部份，正是作者的自我追尋。

（二）神仙觀念的確立、形成和變形之關係

初民神話意識和老莊哲學的超脫精神，加上了《楚辭》中受挫心靈的遁世之志，神仙觀念已漸次在文學中顯現。其於神仙觀念的塑造，已詳述如上。但更深一層追究，這樣的神仙觀念與變形有何相涉之處？

神話中幻設出不死國度和樂土，《莊子》中不變於生死，不拘於一處的眞人、至人、神人，及其居處藐姑射山，皆導引出仙境和仙人的形象。《莊子》中又出現「去而上僊」、「至于帝鄉」之語，屢見「登假」之辭。《楚辭》中多見上升的非現實之遊，其憑藉亦同於《莊子》神人所乘之飛龍和雲氣。〈遠遊〉論及成仙爲登仙。凡此可得一結論，成仙須經一升登的過程。吳曾德曾言：「凡是由俗人變成仙人者，不管是先升天爾後成仙，還是先成仙爾後升天，都必須飛升入天，都要經歷一個飛升的過程」，〔註 45〕適足爲上述神仙觀念的一個註腳。他並指出飛仙的飛天，可以區分爲依靠仙獸運載和依靠升仙者自我修煉出來的飛天本領。〔註 46〕第二類的升天方式實已具變形的傾向，吳曾德以漢代畫像石中隨處可見的羽人來作爲其例，明說在形體的變易下，方具有飛天的本領。〔註 47〕《說文》釋「眞」爲「僊人變形而登天也」，〔註 48〕便把變形的觀點表露出來。自此再反視前所述變形爲神仙當具之能力，且神仙多變爲鳥形的變形觀，便可知其與神仙觀念的形成有密不可分的關係。

〔註 44〕 見龔鵬程，〈幻想與神話的世界——人文創設與自然秩序〉，收錄於《中國文化新論文學篇（一）——抒情的境界》（臺北：聯經出版事業公司，1981 年），頁 311～361。

〔註 45〕 見吳曾德，《漢代畫像石》（臺北：丹青圖書有限公司，1986 年），頁 125。

〔註 46〕 同前註，頁 125～128。

〔註 47〕 同註 46。

〔註 48〕 《說文解字注》卷 15：「眞，僊人變形而登天也。从七目，八，所以乘載之。」同註 11，頁 388。眞從七，更可見其與變形之關係。

第三節　六朝小說中方術變形與求仙方法、理論的樹立

上一節僅就變形爲仙和何以大多數的仙者變爲鳥形，從神仙觀念的形成上，做了一個詳細的追溯。在六朝小說中，亦出現了一些以具體方法變形的描述，所謂具體的方法就是方術，而這一類以術變形的故事，實與神仙觀念相涉，其變形意涵代表了什麼樣的神仙觀念？而此神仙觀念與前節所述有何不同？這是本節所欲探討的。

一、六朝小說中的方術變形

方術實源出於巫術，《搜神記》卷二中所載徐登爲女子化爲丈夫，與東陽趙昺並善方術，而於《後漢書・方術傳》中戴徐登「善爲巫術」，又言趙炳「能成越方」，〔註 49〕可知此處所謂「方術」即「越地巫術」。但方術除了吸取了原始宗教的巫術之外，更吸收了各家思想的迂怪成份，〔註 50〕而可有更廣泛的運用，其中最主要的就是求仙。下列一則以「術」而變形的故事主人翁，其身份本爲方士，卻都被視爲神仙。即《搜神記》卷一所錄左慈事蹟：

> 左慈字元放，廬江人也。少有神通，嘗在曹公座，公笑顧眾賓曰：「今日高會，珍羞略備。所少者，吳松江鱸魚爲膾。」放云：「此易得耳。」因求銅盤，貯水，以竹竿餌釣于盤中。須臾，引一鱸魚出。公大拊掌，會者皆驚。公曰：「一魚不周坐客，得兩爲佳。」放乃復餌釣之。須臾，引出，皆三尺餘，生鮮可愛。公便自前膾之，周賜座席。公曰：「今既得鱸，恨無蜀中生薑耳。」放曰：「亦可得也。」公恐其近道買，因曰：「吾昔使人至蜀買錦，可敕人告吾使，使增市二端。」人去，須臾還，得生薑。又云：「於錦肆下見公使，已敕增市二端。」後經歲餘，公使還，果增二端。問之，云：「昔某月某日，見人於肆下，以公敕敕之。」後公出近郊，士人從

〔註 49〕見南朝宋・范曄撰，唐・李賢等注，《後漢書》，卷 82 下，頁 2741。

〔註 50〕陳槃認爲方士與巫祝本亦同流，方士符應之說一部份即源於古之巫教。但方士思想內容博雜，若依《漢志》分類，包舉了六藝家、儒家、道家、陰陽家、名家、墨家、縱橫家、雜家、農家、小說家、歌詩家、兵陰陽家、天文家、曆譜家、五行家、龜著家、雜占家、形法家、醫經家、經方家、房中家、神仙家等二十二家思想迂怪的部份。見氏著，〈戰國秦漢間方士考論〉，《中央研究院歷史語言研究所集刊》第 17 本（1948 年），頁 21～33。

者百數。放乃賫酒一甖，脯一片，手自傾甖，行酒百官，百官莫不醉飽。公怪，使尋其故。行視沽酒家，昨悉亡其酒脯矣。公怒，陰欲殺放。放在公座，將收之，卻入壁中，霍然不見。乃募取之。或見于市，欲捕之，而市人皆放同形，莫知誰是。後人遇放于陽城山頭，因復逐之，遂走入羊羣。公知不可得，乃令就羊中告之曰：「曹公不復相殺，本試君術耳。今既驗，但欲與相見。」忽有一老羝，屈前兩膝，人立而言曰：「遽如許。」人即云：「此羊是。」競往赴之。而羣羊數百，皆變爲羝，並屈前膝，人立云：「遽如許。」於是遂莫知所取焉。

故事的本事出於《後漢書・方術傳》，葛洪所著的《神仙傳》亦收錄此則。文中僅言左慈有神通之術，不知其詳，而在同卷中所述葛玄爲左慈之徒，文中亦述葛玄以符致魚，由此或可推知左慈神術之一隅，與巫祝之術實近。

上述故事的主人翁被視之爲仙，主要是在其能變形，後神仙家亦廣泛應用術以求仙，便成了神仙術，如《王子年拾遺記》中言趙高受韓眾丹法，死後化爲青雀尸解，便是神仙家丹藥之法。

方術既出之於巫術，在六朝小說中最能詳盡述明以巫術變形的故事，便是《搜神後記》卷四中周眕之奴的故事：

魏時，潯陽縣北山中蠻人有術，能使人化作虎，毛色爪牙，悉如眞虎。鄉人周眕有一奴，使入山伐薪。奴有婦及妹，亦與俱行。既至山，奴語二人云：「汝且上高樹，視我所爲。」如其言。既而入草，須臾，見一大黃斑虎從草中出，奮迅吼喚，甚可畏怖。二人大駭。良久還草中，少時復還爲人，語二人云：「歸家愼勿道。」後遂向等輩說之。周尋得知，乃以醇酒飲之，令熟醉，使人解其衣服及身體，事事詳悉，了無他異。唯于髻髮中得一紙，畫作大虎，虎邊有符，周密取錄之。奴既醒，喚問之。見事已露，遂具說本末云：「先嘗于蠻中告糴，有蠻師云有此術，乃以三尺布，數升米糈，一赤雄雞，一升酒，授得此法。」〔註 51〕

以「符」爲變形之法，而其得之方法，極似五斗米教入教的方式，〔註 52〕原

〔註 51〕見晉・陶潛撰，王根林點校，《搜神後記》，《漢魏六朝筆記小說大觀》，頁 458～459。

〔註 52〕見《後漢書・劉焉傳》中言張陵「學道鶴鳴山中，造作符書，以惑百姓。受

始巫教實爲道教所吸收，《異苑》卷八中彭世化鹿，其子後於其兩角間發現道家七星符，符術已完全應用於道教之中，亦成爲得道之士所具的變化之方。

六朝小說出現之際，正當道教各派先後興起，〔註 53〕在六朝中所反映的道教變形觀，實爲道教吸取了神仙思想而立說的，例如在《漢武帝內傳》中則具體地陳述了變形爲仙之道：

> 王母曰：「夫始欲修之，先營其氣，太上眞經所謂行益易之道，益者，益精；易者，易形。能益能易，名上仙籍；不益不易，不離死厄。行益易者，謂常思靈寶也。靈者，神也；寶者，精也。子但愛精握固，閉氣吞液。氣化血，血化精，精化液，液化骨，行之不倦，神精充溢。爲之一年易氣，二年易血，三年易脈，四年易宍，五年易髓，六年易筋，七年易骨，八年易髮，九年易形。形易則變化，變化則道成，道成則位爲仙」。〔註 54〕

文中西王母已爲一仙者，而益易之道爲道教鍊形養生之術，其述易形過程，爲道經常用敘述方式。〔註 55〕從文中所述，可知易形的目的是爲了離死厄、上仙籍，而變形的能力可由特定的方法獲得。變形之道即爲成仙之道，自應納入神仙思想之下來討論。

二、求仙方法和神仙理論的建立及其與變形之關係

一個觀念的樹立，必然有付諸實行的行爲，神話的奇異和《莊子》的特殊思維和表達方式，以及《楚辭》中受挫心靈的幻設，已逐漸地樹立了神仙觀念，但從其最初動機而思，都並非有意求得現實生命的長存。不過在《莊子》及〈遠遊〉中已經出現了修鍊的意願和方式，同時在〈遠遊〉中出現了王喬等仙人，這些表示在戰國末期實際求仙活動已經展開，〔註 56〕而眞正推動求仙的是帝王。

在《左傳・昭公二十年》齊景公和晏子的對話之中，便顯示了人對不死的

其道者輒出米五斗。」同註 49，頁 2435。

〔註 53〕參見日人窪德忠所著〈道教〉專文中「道教之創立及宗派」部份，收錄於宇野精一主編，邱榮鐊譯，《中國思想之研究》（二）道家與道德思想（臺北：幼獅文化事業有限公司，1977 年），頁 234～246。

〔註 54〕見佚名撰，王根林校點，《漢武帝內傳》，《漢魏六朝筆記小說大觀》，頁 145～146。

〔註 55〕見李豐楙，《六朝隋唐仙道類小說研究》，頁 51。

〔註 56〕〈遠遊〉的作者不可確定，但最早亦在戰國末期，同註 4，頁 133。

企盼。〔註 57〕《戰國策・楚策》和《韓非子・說林上》也均有人獻不死之藥于荊王之事，〔註 58〕且《韓非子・外儲說左上》亦有客教燕王不死之道，〔註 59〕而《孔叢子・陳士義》亦有魏王「吾聞道士登華山，則長不死，意亦願之」之言。〔註 60〕帝王為人間權位最高者，自可享有富樂的生活，對生命的戀棧自是高於一般百姓，如《呂氏春秋・重己》所言：「世之人主貴人，無賢不肖，莫不欲長生久視。」〔註 61〕而帝王之所好、下必遂之，求仙活動的發達，實與帝王提倡有關。帝王中求仙最力者，莫過於秦始皇、漢武帝。而帝王的殷切求仙，導致為方僊道的方士興盛和求仙之法的備出，進一步完成了道教的神仙理論。而變形亦於其中展現了不同的意義。

（一）秦始皇、漢武帝的求仙過程

秦始皇和漢武帝的極力求仙，帶動了方士之術的興盛。《史記・封禪書》和《漢書・郊祀志》詳載了二人求仙過程。而其求仙活動，需要方士的配合，故於其求仙的過程中，亦可看出方士的興盛和其特色。至於求仙範圍殆不出蓬萊等三神山的仙境傳說。

1. 方士的興起和蓬萊仙說

據《史記・封禪書》的記載，方士和君主的配合，是由於鄒衍學說彰顯的刺激：

> 自齊威、宣之時，騶子之徒論著終始五德之運，及秦帝而齊人奏之，

〔註 57〕《左傳・昭公二十年》文曰：「齊侯至自田，晏子侍于遄臺，……飲酒樂。公曰：『古而無死，其樂若何！』」見楊伯峻，《春秋左傳注》，頁 1419～1420。

〔註 58〕《戰國策・楚策四》：「有獻不死之藥於荊王者，謁者操以入。中射之士問曰：『可食乎？』曰：『可。』因奪而食之。王怒，使人殺中射之士。中射之士使人說王曰：『臣問謁者，謁者曰可食，臣故食之。是臣無罪，而罪在謁者也。且客獻不死之藥，臣食之而王殺臣，是死藥也，王殺無罪之臣，而明人之欺王。』王乃不殺。」見范祥雍，《戰國策箋證》（上海：上海古籍出版社，2006 年），頁 890～891。《韓非子・說林上》亦引同一故事。

〔註 59〕《韓非子・外儲說左上》：「客有教燕王為不死之道者，王使人學之，所使學者未及學而客死。王大怒，誅之。王不知客之欺己，而誅學者之晚也。」見陳奇猷校注，《韓非子集釋》（臺北：華正書局，1982 年），頁 631。

〔註 60〕見《孔叢子》卷中，收錄於明・程榮校刊，《漢魏叢書》（臺北：新興書局，1970 年），頁 752。《孔叢子》眾人皆認為是王肅偽造，王叔岷先生在「斠讎學」課程的講授中，則提及近來大陸出土的資料，顯示今所見之《孔叢子》有許多漢以前的資料。參見李學勤，〈竹簡《家語》與漢魏孔世家學〉，《簡帛佚籍與學術史》（南昌：江西教育出版社，2001 年），頁 380～387。

〔註 61〕見陳奇猷，《呂氏春秋校釋》，卷 1，頁 34。

故始皇采用之。而宋毋忌、正伯僑、充尚、羨門高最後皆燕人，為方僊道，形解銷化，依於鬼神之事。騶衍以陰陽主運顯於諸侯，而燕齊海上之方士傳其術不能通，然則怪迂阿諛苟合之徒自此興，不可勝數也。〔註62〕

鄒衍的學說為諸國君主所採，〔註63〕當時燕齊海上的方士欲傳其術而不能通，故依於鬼神之事，為方僊道，以滿足君主長生不死的願望來達其顯貴。齊威、宣王和燕昭王的求仙殆與方士有關，而海上三神山的說法，亦為這些為方僊道的方士利用地理形勢所創設。〔註64〕《史記・封禪書》言：

自威、宣、燕昭使人入海求蓬萊、方丈、瀛洲。此三神山者，其傳在勃海中，去人不遠；患且至，則船風引而去。蓋嘗有至者，諸僊人及不死之藥皆在焉。其物禽獸盡白，而黃金銀為宮闕。未至，望之如雲；及到，三神山反居水下。臨之，風輒引去，終莫能至云。世主莫不甘心焉。〔註65〕

這是仙境首度正式出現，僊人和不死藥是使其成為仙境的要素，其物類和建築都有非凡的特色。而其去人不遠，將至而船為風引去的微妙，正反映了求仙之難。但又有至者，予以世人去尋求的希望。若太史公的記錄可信，帝王的求仙活動在西元前三百多年前已經展開。而前述《韓非子・外儲說左上》言有客教燕王不死之道之事，可依此同觀。

2. 秦始皇的求仙活動

秦始皇深信神仙，根據《史記・秦始皇本紀》，他稱自己為眞人，他的求仙活動，《史記・封禪書》分述如下：

始皇之上泰山，中阪遇暴風雨，休於大樹下。……於是始皇遂東遊海上，行禮祠名山大川及八神，求僊人羨門之屬。〔註66〕

〔註62〕同註37，頁1368～1369。

〔註63〕《史記・孟子荀卿列傳》云：「騶衍睹有國者益淫侈，不能尚德，若大雅整之於身，施及黎庶矣。乃深觀陰陽消息而作怪迂之變，〈終始〉、〈大聖〉之篇十餘萬言。……是以騶子重於齊。適梁，惠王郊迎，執賓主之禮。適趙，平原君側行撇席。如燕，昭王擁彗先驅，請列弟子之座而受業，築碣石宮，身親往師之。」同註37，卷74，頁2344～2345。

〔註64〕據《史記・天官書》言：「海旁蜄氣象樓臺」，同註37，卷27，頁1338。燕齊之地，適在海旁，亦有海市蜃樓之幻像，而為方士之流釋為神仙居之地。

〔註65〕同註37，頁1369～1370。

〔註66〕同前註，頁1367。

在前述中提及秦始皇時有宋毋忌、正伯僑、充尚、羨門高爲方僊道，按《史記索隱》言羨門高即爲始皇所求之羨門，〔註 67〕推論之，羨門之屬即上述爲方僊道之士。其目的自然是爲了海上神仙之事：

> 及至秦始皇并天下，至海上，則方士言之不可勝數。始皇自以爲至海上而恐不及矣，使人乃齎童男女入海求之。船交海中，皆以風爲解，曰未能至，望見之焉。其明年，始皇復遊海上，……後三年，游碣石，考入海方士，……後五年，始皇南至湘山，遂登會稽，並海上，冀遇海中三神山之奇藥。不得，還至沙丘崩。〔註 68〕

據《史記・秦始皇本紀》，始皇二十八年齊人徐市上書言海上三神山之事，並請得齋戒與童男女求仙，即〈封禪書〉所謂的「齎童男女入海求之。」秦始皇三十二年，使燕人盧生求羨門高，是即〈封禪書〉所言的「考入海方士」之事，可知始皇求仙活動主爲方士所導，然積極追求的結果，終無所獲。

3. 漢武帝的求仙活動

漢武帝更執迷於神仙，一方面繼續尋求蓬萊仙境，一方面更積極地以方士之術達其所願。據《史記・封禪書》的記述，在漢武帝身邊，輔助其求仙的有四方士——李少君、少翁、欒大、公孫卿：

> 是時李少君亦以祠竈、穀道、卻老方見上，上尊之。……少君言上曰：「祠竈則致物，致物而丹沙可化爲黃金，黃金成以爲飲食器則益壽，益壽而海中蓬萊僊者乃可見，見之以封禪則不死，黃帝是也。臣嘗游海上，見安期生，安期生食巨棗，大如瓜。安期生僊者，通蓬萊中，合則見人，不合則隱。」於是天子始親祠竈，遣方士入海求蓬萊安期生之屬，而事化丹砂諸藥齊爲黃金矣。居久之，李少君病死。天子以爲化去不死，而使黃錘史寬舒受其方。求蓬萊安期生莫能得，而海上燕齊怪迂之方士多更來言神事矣。〔註 69〕

而後有齊人少翁以鬼神方見上，亦海上怪迂方士之流。尚有稱與少翁同師的欒大，亦托海上神山傳說，主張不死之藥可得，僊人可考，其目的在求達顯。後果取衛長公主爲妻，數月之間佩六印，貴震天下，致使「海上燕齊之閒，莫不搤捥而自言有禁方，能神僊矣。」齊人公孫卿更因得寶鼎之事附會出黃

〔註 67〕同前註，頁 1369。
〔註 68〕同前註，頁 1370。
〔註 69〕同前註，頁 1385～1386。

帝登僊之說：

卿曰：「申公，齊人。與安期生通，受黃帝言，無書，獨有此鼎書。曰『漢興復當黃帝之時』。『漢之聖者在高祖之孫且曾孫也。寶鼎出而與神通，封禪。封禪七十二王，唯黃帝得上泰山封』。申公曰：『漢主亦當上封，上封則能僊登天矣。黃帝時萬諸侯，而神靈之封居七千。天下名山八，而三在蠻夷，五在中國。中國華山、首山、太室、泰山、東萊，此五山黃帝之所常游，與神會。黃帝且戰且學僊。患百姓非其道者，乃斷斬非鬼神者。百餘歲然後得與神通。……黃帝采首山銅，鑄鼎於荊山下。鼎既成，有龍垂胡顙下迎黃帝。黃帝上騎，羣臣後宮從上者七十餘人，龍乃上去。……』」……天子既聞公孫卿及方士之言，黃帝以上封禪，皆致怪物與神通，欲放黃帝以上接神僊人蓬萊士。〔註 70〕

此說連結了東方海上的仙人傳說和黃帝封禪之事，黃帝爲僊者之說從此始，而它也更篤定了漢武帝的求仙信念，除封泰山外，還數度親巡東海，令數千人求蓬萊神人；復三度親幸緱氏城，以見公孫卿所言之神人；同時又遣方士求神怪采芝藥。除先之柏梁、銅柱承露仙人掌之屬外，復聽信公孫卿之言，於長安作蜚廉杜觀，甘泉作益延壽觀，通天莖台，以招來僊神人之屬。

從史實來觀，武帝的求仙實爲可觀，但這些努力終爲徒然是可預期的，武帝識破了少翁的計謀和欒大的方盡，因而誅之，而公孫卿候神亦無效，而那些數以千計的方士，入海求仙皆未成功，武帝便「益怠厭方士之怪迂語」，可是他仍未放棄任何的希望，冀能求得仙人而不死。而後小說中以其爲求仙之箭垛人物，〔註 71〕是有其歷史背景。而與漢武帝同爲神仙家喜附托的是淮南王劉安，《漢書・淮南王傳》載：

淮南王安……招致賓客方術之士數千人，作爲《內書》二十一篇，《外書》甚眾，又有《中篇》八卷，言神仙黃白之術。〔註 72〕

《漢書・楚元王傳》附〈劉向傳〉中，亦言淮南王著有「言神仙使鬼物爲金之術」的《枕中鴻寶苑秘書》〔註 73〕再加上《淮南萬畢術》一書等，可知其

〔註 70〕同前註，頁 1393～1394，頁 1397。
〔註 71〕見李豐楙，《魏晉南北朝文士與道教之關係》，頁 380。
〔註 72〕漢・班固撰，唐・顏師古校注，《漢書》，卷 44，頁 2145。
〔註 73〕同前註，卷 36，頁 1928。

已親爲神仙之術著述。

以上所列只是較著名的帝王貴族的求仙活動，其後仍有帝王好此道，由《漢書・郊祀志》谷永上成帝書，可看求仙活動熱絡之一斑。〔註 74〕

4. 方士之術與求仙變形

由帝王、諸侯求仙活動，可知方士爲其中的要角。秦始皇時有不可勝數的怪迂阿諛苟合之徒。而漢武帝除了寵幸四方士之外，動輒派數千方士或尋仙境，或採芝藥，尤爲可觀的是其封泰山後，東巡海上，齊人上疏言神怪奇方者以萬數，〔註 75〕淮南王亦招方士數千人。可見當時的方士之數，十分可觀。甚可確定的是方士爲帝王諸侯求仙的推波助瀾者，其所憑依的就是方術了，有「方術」便可修鍊成仙，也就是求仙有一定的途徑。

《漢書・藝文志・方伎略》中有神仙家十家，從篇名可知其內容大抵不出求仙之法，可見求仙之法爲方術的一部份。方士實早見於先秦，如周之萇弘，〔註 76〕方術吸收了部份巫術，再觀《山海經》中是由巫操不死之藥，二者在求長生的性質上實爲相同，在漢代巫有其專職，〔註 77〕而方士與神仙更爲接近。由此也可看出方術變形與神仙變形有極大交集。

方士提供了帝王諸候的求仙之方，其自身是否能成仙呢？由秦始皇稱爲方僊道的羨門高爲僊人，可見方士漸具有神仙的形象，而羨門高之屬是具有「形解銷化」的能力的，由此可見變易形體是其爲神仙的關鍵。

《後漢書》有〈方術列傳〉，專言方士的行徑，據其文，可知方士精通數

〔註 74〕《漢書・郊祀志》，卷 25 下：「成帝末年頗好鬼神，亦以無繼嗣故，多上書言祭祀方術者，皆得待詔，祠祭上林苑中長安城旁，費用甚多，然無大貴盛者。谷永説上曰：『臣聞明於天地之性，不可或以神怪；知萬物之情，不可罔以非類。諸背仁義之正道，不遵五經之法言，而盛稱奇怪鬼神，廣崇祭祀之方，求報無福之祠，及言世有僊人，服食不終之藥，遙興輕舉，登遐倒景，覽觀縣圃，浮游蓬萊，耕耘五德，朝種暮穫，與山石無極，黃冶變化，堅冰淖溺，化色五倉之術者，皆姦人惑眾，挾左道，懷詐僞，以欺罔世主。聽其言，洋洋滿耳，若將可遇；求之，盪盪如係風捕景，終不可得。是以明王距而不聽，聖人絕而不語。……唯陛下距絕此類，毋令姦人有以窺朝者。』上善其言。」同前註，頁 1260～1261。

〔註 75〕參見《史記・封禪書》和《漢書・郊祀志》。

〔註 76〕《史記・封禪書》：「是時萇弘以方事周靈王，諸侯莫朝周，周力少，萇弘乃明鬼神事，設射貍首。貍首者，諸侯之不來者。依物怪欲以致諸侯。諸侯不從，而晉人執殺萇弘。周人之言方怪者自萇弘。」同註 37，頁 1364。

〔註 77〕據《史記・封禪書》的記載，漢代的官巫有醫、祝的專職。

術、醫術、房中術、延年術，具有卜筮、厭殺鬼神、尸解等能力，雖然其大部份和李少君、少翁、欒大之徒般凡體可逝，但其中亦見成仙之士，如上成公和北海王和平：

> 上成公者，〔密〕縣人也，其初行久而不還，後歸，語其家云：「我已得仙。」因辭家而去。家人見其舉步稍高，良久乃沒云。陳寔、韓韶同見其事。〔註78〕

> 北海王和平，性好道術，自以當仙。濟南孫邕少事之，從至京師。會和平病歿，邕因葬之東陶。有書百餘卷，藥數囊，悉以送之。後弟子夏榮言其尸解，邕乃恨不取其寶書仙藥焉。〔註79〕

由此可見，方士與神仙在當時的觀念中，僅爲一線之隔，是故左慈會被視作神仙，在〈方術列傳〉中所述華陀的五禽之戲，爲承繼《莊子‧刻意篇》所言導引的難老方法，其內容爲身作虎、鹿、熊、猿、鳥形以利導引：

> 古之仙者爲導引之事，熊經鴟顧，引挽腰體，動諸關節，以求難老。吾有一術，名五禽之戲：一曰虎，二曰鹿，三曰熊，四曰猨，五曰鳥。亦以除疾，兼利蹏足，以當導引。〔註80〕

在道教的變形傳說中，變形主體多變爲上述之物，似與此五禽之戲有關。而此五禽之戲又承自古之仙者的導引之術。

由於方士的興趣，方術也日益繁實，但由於有方可尋，莫不引起人們一試之心，尤其帝王的熱衷與方士的發展方術互爲因果，使求仙之風日趨鼎盛，且方士又因術而漸具神仙的形象了。

（二）道教求仙理論的建立和其成仙方法與變形之關係

至漢以後，道教假借方術興起，是故王瑤認爲「方術的發展後來便成了道教，所以道教的道術和企圖，也是和方士一樣的。」〔註81〕小川環樹也認爲「凡人變成仙人的途徑（仙術）在道教裏是非常重要的一件事」。〔註82〕是故凡鍊丹、導引、胎息、房中、尸解等方術皆爲道教所吸收，在道教中，這

〔註78〕同註49，卷82下，頁2748。

〔註79〕同前註，頁2751。

〔註80〕同前註，頁2739～2740。

〔註81〕見王瑤，〈小說與方術〉，《中古文學史論》（臺北：長安出版社，1982年），頁161。

〔註82〕小川環樹著，張桐生譯，〈中國魏晉以後（三世紀以降）的仙鄉故事〉，收錄於《中國古典小說論集》第一輯，頁86。

些「術」更加有理論系統，而且與「成仙」有著因果上的結合，同時，變形的意涵在此也有了轉變。今主要以葛洪爲道教建立的宗教理論——《抱朴子》內篇爲探討範圍。

1. 神仙三品說的建立與神仙觀念的轉變

在道教中非但神仙之術成一理論，而神仙亦有等差之別，《抱朴子・論仙》即分爲三等：

> 《仙經》云：「上士舉形昇虛，謂之天仙。中士遊於名山，謂之地仙。下仙先死後蛻，謂之尸解仙。」（〈論仙篇〉）〔註 83〕

> 其經（《太清觀天經》）曰：「上士得道，昇爲天官；中士得道，棲集崑崙；下士得道，長生世間。」（〈金丹篇〉）

兩則中所述的上士和中士仍承繼先秦神仙觀念。對於下士，兩則的說法有異，但先死後蛻的尸解仙說，已有與現實——死亡妥協的傾向，而長生世間之說，則具有留戀世間的意味，二者皆具有現實的精神。《抱朴子》又引述《仙經》之說，認爲成爲三者的關鍵在修鍊的方式：

> （《仙經》）又曰：「朱砂爲金，服之昇仙者，上士也；茹芝導引，咽氣長生者，中士也；餐食草木，千歲以還者，下士也。」（〈黃白篇〉）

作爲金丹教派的支持者，葛洪認爲金丹是成仙之上品。在〈金丹篇〉中他有「雖呼吸道引，及服草木之藥，可得延年，不免於死也；服神丹令人壽無窮已，與天地相畢，乘雲駕龍，上下太清。」之言。雖然服金丹可昇仙，但人可以劑量多少，自由選擇爲天仙或地仙。如《抱朴子・金丹篇》所言：

> 抱朴子曰：「金液太乙所服而仙者也，不減九丹矣，……元君曰，此道至重，百世一出，藏之石室，合之，皆齋戒百日，不得與俗人相往來，於名山之側，東流水上，別立精舍，百日成，服一兩便仙。若未欲去世，且作地水仙之士者，但齋戒百日矣。若求昇天，皆先斷穀一年，乃服之也。若服半兩，則長生不死，萬害百毒，不能傷之，可以畜妻子，居官秩，任意所欲，無所禁也。若復欲昇天者，乃可齋戒，更服一兩，便飛仙矣。」

由三品仙的出現，到成仙者的自由選擇，則表示成仙不必升天，這實爲神仙觀念的一大轉變。事實上，在漢代以後這個轉變已經出現。余英時先生認爲

〔註 83〕見王明，《抱朴子內篇校釋》，頁 20。下文所引《抱朴子》悉依此本，不另註。

自從秦始皇、漢武帝求仙以來，出世型的仙逐漸爲一種入世的觀念所代替，因爲這些帝王貴族們一方面企求不死，一方面又不肯捨棄人世的享受。《史記・封禪書》言黃帝登天爲仙「羣臣後宮從上者七十餘人」，《論衡・道虛篇》言淮南王得道「舉家升天，畜產皆仙」，而除了這些帝王貴族外，普通人也可如此，如〈仙人唐公房碑〉所說唐公房得道攜妻子登天。〔註 84〕這樣的現象，便表示出人成仙不是遠離塵世一切，反而把自己所有，移至所謂的仙境中。而前述方士之徒，甚可因其具形解銷化能力，已然被視爲神仙，此皆爲神仙愈益接近現實的趨勢。道教把神仙分爲三品，在世亦可成仙，《抱朴子・對俗篇》中似有不以地仙爲次之意：

> 或曰：「得道之士，呼吸之術既備，服食之要又該，掩耳而聞千里，閉目而見將來，或委華駟而轡蛟龍，或棄神州而宅蓬瀛，或遲迴於流俗，逍遙於人間，不便絕跡以造玄虛，其所尚則同，其逝止或異，何也？」抱朴子答曰：「聞之先師云：『仙人或昇天，或住地，要於俱長生，去留各從其所好耳。又服還丹金液之法，若且欲留在世間者，但服半劑而錄其半。若後求昇天，便盡服之。不死之事已定，無復奄忽之慮，正復且遊地上，或入名山，亦何所復憂乎？彭祖言，天上多尊官大神，新仙者位卑，所奉事者非一，但更勞苦，故不足役役於登天，而止人間八百餘年也。』又云：『古之得仙者，或身生羽翼，變化飛行，失人之本，更受異形，有似雀之爲蛤，雉之爲蜃，非人道也。人道當食甘旨，服輕煖，通陰陽，處官秩，耳目聰明，骨節堅強，顏色悅懌，老而不衰，延年久視，出處任意，寒溫風濕不能傷，鬼神眾精不能犯，五兵百毒不能中，憂喜毀譽不爲累，乃爲貴耳。若委棄妻子，獨處山澤，邈然斷絕人理，塊然與木石爲鄰，不足多也。昔安期先生、龍眉甯公、修羊公、陰長生，皆服金液半劑者也，其止世間，或近千年，然後去耳。』篤而論之，求長生者，正惜今日之所欲耳，本不汲汲於昇虛，以飛騰爲勝於地上也。若幸可止家而不死者，亦何必求於速登天乎？若得仙無復住理者，復一事耳。彭祖之言，爲附人情者也。」

這一段話是在解釋成仙貴在不死，或昇虛，或在地，各從所好，但所引彭祖

〔註 84〕 見余英時，〈中國古代死後世界觀的演變〉，《中國思想傳統的現代詮釋》，頁 126～127。

之言，似更依於人道，隱然含有昇仙未必爲最佳之意，是故不必汲汲於昇仙。而在此令人注意的是對身形的留戀，即以人形爲尚，身生羽翼，便爲失人之本，與漢代之前的神仙須經變形升登的過程，迥然不同。由此亦可知人本主義的精神同樣作用於神仙觀念之中，是故其要求的是「舊身不改」。而彭祖謂天上多尊大神，新仙位卑，須奉事故勞苦，基此，天上似已有組織，自成一與人世相彷的神仙世界。湯一介曾論及道教神仙世界的編造，他認爲《太平經》中所謂的眞人、神人、大神等，都可說是道教神仙世界中的成員。在《抱朴子》中，道教的神仙世界譜系尚未形成和固定，直至東晉以後受了佛教的影響，道教漸漸編造其神仙譜系和傳授歷史。而南齊道士顧歡在其〈答袁粲駁夷夏論〉中，把道教的神仙世界的譜系分爲「聖人」、「神人」、「仙人」三種，每種又有九品，共二十七品，後陶弘景作〈眞靈位業圖〉，專門講述道教神仙的譜系。〔註 85〕道教神仙譜系的建立實把仙人轉化爲神人，仙與神的不分，是爲必然的趨勢。這也正可以說明爲什麼在六朝小說中，由天而降之神具有仙之意義。

2. 變化之術為神仙家必備

由上述可知神仙之說在道教中才建立了理論，修鍊成仙的方法也具體可行。雖然變形昇天之說不爲道教神仙的必經過程，但變形的能力卻是神仙當具之能力，而這能力的獲得主要憑藉爲「術」，「術」是可學習而得的。在《抱朴子》中便一再強調此點：

> 或人難曰：「人中之有老彭，猶木中之有松柏，稟之自然，何可學得乎？」抱朴子曰：「夫陶冶造化，莫靈於人，故達其淺者，則能役用萬物，得其深者，則能長生久視。知上藥之延年，故服其藥以求仙，知龜鶴之遐壽，故效其道引以增年。且夫松柏枝葉，與眾木則別，龜鶴體貌，與眾蟲則殊。至於彭老猶是人耳，非異類而壽獨長者，由於得道，非自然也。眾木不能法松柏，諸蟲不能學龜鶴，是以短折耳。人有明哲，能修彭老之道，則可與之同功矣。若謂世無仙人乎，然前哲所記，近將千人，皆有姓字，及有施爲本末，非虛言也。若謂彼皆特稟異氣，然其相傳皆有師奉服食，非生知也。若道術不可學得，則變易形貌，吞刀吐火，坐在立亡，興雲起霧，召

〔註 85〕湯一介，《郭象與魏晉玄學》（臺北：谷風出版社，1987 年），頁 115～116。

致蟲蛇，合聚魚鼈，三十六石，立化爲水，消玉爲粘，漬金爲漿，入淵不沾，蹴刃不傷，幻化之事，九百有餘，按而行之，無不皆效，何爲獨不肯信仙之可得乎！……」(〈對俗篇〉)

由道術之可習得，來證明長生之可學，而其所謂的道術，主爲變化之術，變化之術爲修仙者必備，依此而知道教是極重視變化之術：

夫變化之術，何所不爲。蓋人身本見，而有隱之之法。鬼神本隱，而有見之之方。能爲之者，往往多焉。水火在天，而取之以諸燧。鉛性白也，而赤之以爲丹。丹性赤也，而白之而爲鉛。雲雨霜雪，皆天地之氣也，而以藥作之，與眞無異也。至於飛走之屬，蠕動之類，稟形造化，既有定矣。及其倏忽而易舊體，改更而爲異物者，千端萬品，不可勝論。人之爲物，貴性最靈，而男女易形，爲鶴爲石，爲虎爲猿，爲沙爲黿，又不少焉。至於高山爲淵，深谷爲陵，此亦大物之變化。變化者，乃天地之自然，何爲嫌金銀之不可以異物作乎？譬諸陽燧所得之火，方諸所得之水，與常水火，豈有別哉？蛇之成龍，茅糝爲膏，亦與自生者無異也。然其根源之所緣由，皆自然之感致，非窮理盡性者，不能知其指歸，非原始見終者，不能得其情狀也。狹觀近識，桎梏巢穴，揣淵妙於不測，推神化於虛誕，以周孔不說，墳籍不載，一切謂爲不然，不亦陋哉？(〈黃白篇〉)

此則主要言鍊丹之可成，間而流露出葛洪對形體變易的看法，他認爲變化爲自然現象，即使受性最靈的人，亦可改變形體，從「皆自然之感致」可知其將變化之源由亦歸於物類感應，不過他認爲可由方術達到變形之效。

在《抱朴子・遐覽篇》中備載了當時葛洪所知的道教經圖和諸符，其內容未詳，但從其名稱而觀，與形體變化殆爲相關，如《十二化經》、《九變經》、《蹈形記》、《守形圖》、《坐亡圖》、《變化經》、《尸解經》、《幻化經》、《詢化經》、《青龍符》、《白虎符》、《朱雀符》等。在同篇中則有專門敘述變化之術：

其變化之術，大者唯有《墨子五行記》，本有五卷。昔劉君安未仙去時，鈔取其要，以爲一卷。其法用藥用符，乃能令人飛行上下，隱淪無方，含笑即爲婦人，蹙面即爲老翁，踞地即爲小兒，執杖即成林木，種物即生瓜果可食，畫地爲河，撮壤成山，坐致行廚，興雲起火，無所不作也。

其次有《玉女隱微》一卷，亦化形爲飛禽走獸，及金木玉石，興雲

> 致雨方百里，雪亦如之，渡大水不用舟梁，分形爲千人，因風高飛，出入無閒，能吐氣七色，坐見八極，及地下之物，放光萬丈，冥室自明，亦大術也。

> 又有《白虎七變法》，取三月三日所殺白虎頭皮，生駝血、虎血，紫綬，履組，流萍，以三月三日合種之。初生草似胡麻，有實，即取此實種之，一生輒一異。凡七種之，則用其實合之，亦可以移形易貌，飛沈在意。

這些變化之術，殊爲神奇，憑依其術，人可飛行、隱淪、化形、分形、移形。同時亦可假方術變易他物之形，如前章所述物魅變形的還形方法，與道術密切相關，〔註 86〕然除了上述方法之外，尚有守一、仙藥、金丹可使人形體變易無常：

〔註 86〕在《抱朴子・登涉篇》中，以十二支爲計日，每日所出的物魅皆有特定的名稱：「山中寅日，有自稱虞吏者，虎也。稱當路君者，狼也。稱令長者，老狸也。卯日稱丈人者，兔也。稱東王父者，麋也。稱西王母者，鹿也。辰日稱雨師者，龍也。稱河伯者，魚也。稱無腸公子者，蟹也。巳日稱寡人者，社中蛇也。稱時君者，龜也。午日稱三公者，馬也。稱仙人者，老樹也。未日稱主人者，羊也。稱吏者，麞也。申日稱人君者，猴也。稱九卿者，猿也。酉日稱將軍者，老雞也。稱捕賊者，雉也。戌日稱人姓字者，犬也。稱成陽公者，狐也。亥日稱神君者，豬也。稱婦人者，金玉也。子日稱社君者，鼠也。稱神人者，伏翼也。丑日稱書生者，牛也。但知其物名，則不能爲害也。」同註 83，頁 304。可見物魅的傳說，在道教中已具系統，文末言：「但知其物名，則不能爲害」，則表示道教中有驅避物魅之法，〈登涉篇〉亦載有以鏡厭劾動物魅的傳說：「又萬物之老者，其精悉能假託人形，以眩惑人目而常試人，唯不能於鏡中易其眞形耳。是以古之入山道士，皆以明鏡徑九寸已上，懸於背後，則老魅不敢近人。或有來試人者，則當顧視鏡中，其是仙人及山中好神者，顧鏡中故如人形。若是鳥獸邪魅，則其形貌皆見鏡中矣。又老魅若來，其去必却行，行可轉鏡對之，其後而視之。若是老魅者，必無踵也，其有踵者，則山神也。昔張蓋蹹及偶高成二人，並精思於蜀雲臺山石室中，忽有一人，著黃練單衣葛巾，往到其前曰：『勞乎道士，乃辛苦幽隱！』於是二人顧視鏡中，乃是鹿也。因問之曰：『汝是山中老鹿，何敢詐爲人形。』言未絕，而來人即成鹿而走去。」同註 83，頁 300。以鏡照妖，則能還形，爲道教的法術之一，在〈遐覽篇〉中有《收山鬼老魅治邪精經》三卷及厭怪符，可見道教已將治魅發展爲一種專門的術，是故我們在六朝的物魅變形故事中，可見到道士之術往往爲物魅還形的外力，如第四章中所引《搜神記》卷 18 吳興老狸便是假法師之力，且同卷中的阿紫故事，亦載有道士釋妖魅之言。李豐楙先生對於道教的精怪傳說有詳細的敘述，見氏著，〈六朝精怪傳說與道教法術思想〉，收錄於《中國古典小說研究專集》(3)，頁 1～36。

守玄一，并思其身，分爲三人，三人已見，又轉益之，可至數十人，皆如己身，隱之顯之，自皆有口訣；此所謂分形之道。左君及薊子訓葛仙公，所以能一日至數十處，及有客座上，有一主人與客語，門中又有一主人迎客，而水側又有一主人投釣，賓不能別，何者爲眞主人也。師言守一，兼修明鏡，其鏡道成，則能分形爲數十人，衣服面貌皆如一也。(〈地眞篇〉)

守一爲道教守身鍊形之術，〔註 87〕在此可知左元放能分形是由於行守一之術，文中所言之口訣見於《抱朴子・微旨篇》，〔註 88〕服仙藥而變形的敘述則見於〈仙藥篇〉：

抱朴子曰：「神農四經曰：『上藥令人身安命延，昇爲天神，遨遊上下，使役萬靈，體生毛羽，行廚立至。』……又曰：『中藥養性，下藥除病。……』」

同篇中亦載韓終、趙他子、林子明、任子季服食神藥，形體變易。此外，仙丹亦可達變形之效：

小神丹方：……令可丸，旦服如麻子許十丸，未一年，髮白者黑，齒落者生，身體潤澤長肌，服之不老，老翁成少年，長生不死矣。

小丹法：……令可丸，服如麻子三丸，再服三十日，腹中百病愈，三尸去；服之百日，肌骨強堅；千日，司命削去死籍，與天地相畢，日月相望，改形易容，變化無常。……(〈金丹篇〉)

由《抱朴子》所述知變形是神仙的能力，而變形的方法不一，就其內容而觀，殆不出方士之術，在此，神仙的變形奠基於方術變形之上。由於神仙觀念的改變，神仙不一定昇天，是故其變形亦不以鳥形爲主，或是自體的變易，或是化形爲飛禽走獸，實質上，只可視爲「方術」。

3. 尸解變形仙說

除了從服食、鍊養和符錄的方法變易形體外，道教的尸解仙說實亦爲一

〔註 87〕李豐楙對於守一之術有詳介，參見氏著，《魏晉南北朝文士與道教之關係》，頁 560～565。

〔註 88〕或曰：「願聞眞人守眞鍊形之術。」抱朴子曰：「深哉問也。夫始青之下月與日，兩半同昇合成一。出彼玉池入金室，大如彈丸黃如橘，中有嘉味甘如蜜，子能得之謹勿失。既往不追身將滅，純白之氣至微密，昇於幽關三曲折，中丹煌煌獨無匹，立之命門形不卒，淵乎妙矣難致詰。此先師之口訣，知之者不畏萬鬼五兵也。」同註 83，頁 128。

種變形，如前所述方術變形中，趙高尸解化爲青雀。不過尸解仙說，卻是透過死亡的變形，在形式上與先秦的死生變形神話相同，但其未進一步地描述所變之物與變形主體的關係，然可確定的是其爲一往而無回的變形。李豐楙先生認爲尸解變形是基於英國人類學家佛萊則（J. G. Franzer）在其《不死信念》（*The Belief in Immortality*）一書中，所提出原始民族解釋死亡的四類型之一——蛇蛻皮類型，即以爲蛇與蜥蜴等脫皮之後，可獲得新生命而不死。他認爲此說可作爲尸解說之參證，並舉出《淮南子・精神篇》、《論衡・道虛篇》，《後漢書・仲長統傳》、伏義〈與阮嗣宗書〉和嵇康之〈遊仙詩〉中以蟬蛻爲長生仙去，來解釋尸解。〔註 89〕

道教尸解之法有火解、兵解、劍解、杖解、服藥尸解，李豐楙先生皆有詳細地介紹，〔註 90〕觀其內容，除火解、兵解，分由民俗衍化而成，如前述《墨子・節葬下》所載秦儀渠國，死後焚屍的登霞之說和《後漢書・西羌傳》所謂的「以戰死爲吉利，病終而不祥」。〔註 91〕其餘皆爲方術運用，劍解、杖解爲死後埋葬時，置劍、杖，而後人體消失，唯存劍、杖，使人以爲人化爲劍，如朱子之言。〔註 92〕尸解之共同現象就是尸體的消失，又加上劍、杖的錯覺，就易附會出尸之變形，如趙高之尸化爲青雀，青雀又具神仙意象。

尸解仙說實有與現實妥協的傾向，已見前述，它不似一個絕對超越生死的個體，一如《莊子》中所述的眞人。經由死而不死，其不死確實證明即是化爲另一物類，超脫世間，即變形。由此而觀，這極似樂蘅軍先生對《後漢書・天文志》梁・劉昭註所引的姮娥託身於月，化爲蟾蜍故事的解說，即以「在另一個世界轉化爲另一種生類，來證明了此世間的不死」。〔註 93〕

由於帝王的推動使得求仙之士、求仙之法，大爲興起，變形亦可由特定的方法而得，同時因人本現實精神的滲入，使得神仙不一定須變形昇天，但變形仍是神仙具有的能力，經由「術」而任意變形，以顯其神通。

《山海經》和《莊子》塑造了超離人世的仙人和仙境，《楚辭》再加以強

〔註 89〕同註 31，頁 421～422。

〔註 90〕同前註，頁 423～428。

〔註 91〕同註 49，卷 87，頁 2869。

〔註 92〕朱子云：「道家說仙人尸解，極怪異，將死時，用一劍、一圓藥，安於睡處。少間，劍化作自己，藥又化作甚麼物，自家卻自去別處去。其劍亦有名，謂之『良非子』，良非之義，猶言本非我也。」見宋・黎靖德編，《朱子語類》（臺北：正中書局，1962 年），卷 125，頁 4873。

〔註 93〕見樂蘅軍，〈中國原始變形神話試探〉，《古典小說散論》，頁 33～35。

化，都促成了成仙須變形而升登之說。帝王的意欲長生，使求仙活動實際展開，尤以秦始皇和漢武帝為提倡最力者，這樣的求仙活動，一方面拓展了神仙現世的精神，一方面造成了方士的參與，更使得求仙有「方」可循，方術成了求仙之法，神仙依循此方，而可恣意變易形體，是故無論從神仙觀念形成、確立以至轉變，或道教中完備求仙體系，都把變易形體，視為神仙當具之特性，同時尸解仙說亦造就了變形的發生。

在神仙觀念下產生的變形，實展現了突破形軀時空之限的最大自由。是故變形與成仙密不可分，六朝文士方以此為論述成仙可否的重點，在神仙思想蓬勃的時期，正為六朝小說的啓始，小說中會出現神仙變形故事，實屬必然，而其變形之後所具的意涵，也唯有從神仙思想的形成中找到答案。

第六章　六朝小說中的變形故事與因果報應觀念

報應的故事題材遍見於六朝小說之中，尤其深受佛教思想影響的作品，特別喜用報應作爲故事主題。於此所要討論的則是以變形爲報應手段的故事，即變形主體因己身的行爲，而遭致形體變易的結果，就是一己之行爲因，變形爲果的故事。這些變形故事反映了那些觀點，以及造就這些觀點的背景因素爲何，是本章討論的重心。

第一節　六朝小說中的因果變形故事與中國固有的報應觀

六朝小說中有關因果變形的故事，可就佛教輸入中土，分爲兩種典型，第一種因果變形故事的主宰皆訴諸神明，且報應全見於今生，第二種即是涉及佛教輪迴的報應故事。本節試由其中變形所顯示的觀點，推述中國固有的報應觀念。

一、六朝小說中的因果變形故事及其顯示之變形觀

六朝小說見於今生的因果報應故事的模式，殆如祖沖之《述異記》中所錄伍考之一則：

> 南康營民伍考之，伐船材，忽見大社樹上有猴懷孕，考之便登木逐猴，騰赴如飛。樹既孤迥，下又有人，猴知不脱，因以左手抱樹枝，右手撫腹。考之禽得，搖擺地殺之，割其腹，有一子，形狀垂產。

是夜夢見一人稱神，以殺猴責讓之。後考之病經旬，初如狂，因漸化爲虎，毛爪悉生，音聲亦變，遂逸走入山，永失蹤迹。〔註1〕

因殺猴而遭天譴爲任考之化虎的原因，《異苑》卷八中黃秀化熊，人問其故，答曰：「天謫我如此」，以及《齊諧記》中吳道宗母變爲烏斑虎的理由是「宿罪見譴」，〔註2〕都是同類故事。但這一類故事若仔細追究，有部份的故事其變形主體因己行得罪神祇而遭致變形的惡果。如《異苑》卷八中所載桓闡故事：

晉太元十九年，鄱陽桓闡殺犬，祭鄉里綏山，煮肉不熟。神怒，即下教于巫曰：「桓闡以肉生貽我，當謫令自食也。」其年，忽變作虎。作虎之始，見人以斑皮衣之，即能跳躍噬逐。〔註3〕

同卷中所錄鄭襲化虎故事亦爲社神主使，《述異記》中黃苗化虎的故事亦可同觀，不過因其皆爲地方之祠神，而有與巫術合流的傾向，如桓闡、鄭襲化虎是因「以斑皮衣之」之故，而黃苗故事中黃苗可以食鹽飯而復其人形，這些都是巫術的運用。這些變形故事可說是固有的報應觀念與地方淫祠之風相結合的產物。

這一類的因果變形大致顯示這樣的觀點：

（一）因罪行而改變一己的形體，變形之後以非人形出現。

（二）主宰變形的皆是超現實界的力量。

（三）變形具有懲罰的意義，是故其非出之以齊物的觀點，而以人爲本位。

欲探求這些觀點的形成，自必須去了解中國傳統的因果報應之說。

二、中國固有的報應觀念

（一）中國古代宗教的神人關係和天道報應觀的形成

由於主宰變形的是超現實界的力量，因果報應實與宗教密切相關，今試由古代的宗教觀念和漢代祭祀之風來探索六朝小說中所呈現的傳統報應觀。

〔註1〕見魯迅輯，《古小說鈎沈》，《魯迅輯錄古籍叢編》，第一卷，頁311～312。

〔註2〕南朝宋·劉敬叔撰，黃益元校點，《異苑》卷8，《漢魏六朝筆記小說大觀》，頁675。南朝宋·東陽旡疑撰，《齊諧記》，見魯迅輯，《古小說鈎沈》，《魯迅輯錄古籍叢編》，第一卷，頁171～172。

〔註3〕同前註，頁674。

1. 古代宗教的神人關係

胡適先生認爲中國古宗教有三個成份，一是鑒臨下民而賞善罰惡的天；一是無數能作威福的鬼神；一是天鬼與人之間有感應的關係，故福可求而禍可避，敬有益而暴有災。〔註4〕

胡適先生將人的崇拜對象分爲二：一爲天、一爲鬼。而天、鬼與人有感應的關係，可求福避禍，人必須出之以敬畏之心，此爲所有的宗教發生所具的心理基礎。

胡適先生對崇拜對象的分類，實承自《墨子》，《墨子・明鬼下》言：「古之今之爲鬼，非他也，有天鬼，亦有山水鬼神者，亦有人死而爲鬼者。」〔註5〕實際上，《墨子》所謂的鬼，包括了神；《墨子》所謂的天鬼，即是胡先生所謂的天；而山水鬼和人死爲鬼者，則是胡先生所謂的鬼。故可知中國古代宗教崇拜的對象，可分爲有意志知覺，能賞善罰惡的天帝，自然界的天地山川等諸神，以及人死後鬼神者。由殷墟卜辭所見和《詩》、《書》、《左傳》、《國語》、諸子以及《禮記》等典籍所載，可知中國古代宗教所崇拜的對象，殆不出此三種。〔註6〕

雖然《墨子》論鬼神，完全基於鬼神能賞賢罰暴的觀點，以達其神道設教的目的，不過其觀點的根據仍在於神人的感應關係，人之禍福由自身行爲決定。在《墨子・明鬼下》中，以周宣王殺杜伯，燕簡公殺其臣莊子儀之事，來明人鬼之報應；且以宋文君臣祐觀辜爲神明所殪之事，來明祠神之罰；並舉武王代紂，明天之罰；皆爲人行爲導致的報應之說，〔註 7〕故胡適先生言：

〔註 4〕見氏著，《中國中古思想史長編》(臺北：胡適紀念館，1971 年)，頁 465～466。聞一多在其〈道教的精神〉一文中，亦提及了胡先生的這個觀點，認爲其說有三要點：(一) 一個有意志知覺，能賞善罰惡的天帝；(二) 崇拜自然界種種質力的迷信，如祭天地日月山川之類；(三) 鬼神的迷信，以爲人死有知，能作禍福，故必須祭祀供養他們。《神話與詩》，《聞一多全集》，第一冊，頁 147。此說與前述之說稍異，即把崇拜的對象分爲天、自然神、人死爲鬼者，不知聞一多所據爲何，不過這個說法與《墨子・明鬼下》的分類更近。

〔註 5〕見清・孫詒讓，《墨子閒詁》，卷 8，頁 224。

〔註 6〕見李杜，〈中國古代宗教思想之研究〉，《新亞書院學術年刊》第 10 期 (1968 年 9 月)，頁 227～228。文中將中國古代宗教崇奉的對象，分爲山川庶物神、社稷神、五祀神、日月星辰風雨寒暑四時諸神、五行神、祖先神或人鬼、天帝等七類，並詳述其出現的情形。事實上前述五類諸神屬於自然神之類，故其分法亦不出《墨子》所分之三類。

〔註 7〕同註 5，頁 202～205，頁 206～209，頁 212。

> 墨子……以爲鬼神能賞善罰暴，所以他說能順天之志，能中鬼之利，便可得福；不能如此，便可得禍。禍福全靠個人自己的行爲。〔註 8〕

神的性質爲人所塑造，由於人對於生存空間的蒙昧，而認爲有不可知的神奇力量主宰其生活，而生崇拜敬畏之心，在人無以宣達其意之下，只有以順從神明旨意的行爲，藉由祭祀而表達。由此而觀，神人關係便爲宗教思想的中心，正如李杜先生所言：

> 宗教思想之中心觀念蓋爲神人關係觀，由此向神之本身上說，即可顯示神之本質；由其向人相接上說，則可說明其與人之種種關係。……諸神與人所成之一般性關係，此是由初民對神之一般性之觀念而來之神人關係觀。而所謂對神一般性之觀念，即是以神爲在人之上，而常監臨人，管制人之事務，接納人之祭享而與人有交往，並因人之所爲而禍福人等。此一一般性之神人關係觀，蓋普遍地潛存於古人之意識之中，而形成一種與人之生活行爲關連在一起之信念。〔註 9〕

「因人之所爲而禍福人」是人對不可知的神祕力量的基本信念，故人一方面祭祀以祈福去禍，一方面亦約束自己的行爲，而後者極具道德的意義。

2. 天道報應觀的形成

周代建立了一等級的諸神觀，以天帝爲至高神，而將前述神人一般性的關係表現於政治倫理之上，以天帝爲有德智之神格，而可以與人交感並具公義之性格，賞善而罰惡，〔註 10〕唯有德者能受之於天，在位君主若失德，則將降喪亂，《詩》、《書》多流露了這樣的觀點，如《尚書・君奭》：「天降喪于殷」，〔註 11〕《毛詩・大雅・大明》：「維此文王，小心翼翼。昭事上帝，聿懷多福。厥德不回，以受方國。」〔註 12〕因文王有德故受天之命而有天下；商紂暴虐，故天帝予之懲罰，故《尚書・牧誓》言：「今予發，惟恭行天之

〔註 8〕見胡適，《中國哲學史大綱》卷上（臺北：里仁書局，1982 年），頁 170。

〔註 9〕同註 6，頁 241。

〔註 10〕同註 6，頁 256。

〔註 11〕見屈萬里，《尚書釋義》（臺北：中國文化大學出版部，1980 年），頁 157。

〔註 12〕漢・毛亨傳，漢・鄭玄箋，唐・孔穎達正義，《毛詩注疏》，《十三經注疏》（臺北：藝文印書館，1955 年），卷 16，頁 541 上。

罰。」〔註13〕武王伐紂是替天行道。李杜先生認爲這是周對夏商滅亡的反省。〔註14〕此一敬德的天帝觀爲《墨子》言天志的基礎，只是《墨子》的宗教氣氛更爲濃烈。後來這個觀念，漸發展出以德爲基的公道觀念，普遍地用於人之行事，如《國語・晉語六》中范文子論晉楚的鄢之役言：「吾聞之，『天道無親，唯德是授。』……夫德，福之基也。」〔註15〕而《尚書・湯誥》言：「天道福善禍淫」，〔註16〕而《國語・周語中》單子引先王之令言：「天道賞善而罰淫」，〔註17〕凡此皆不離爲政之道。而後以抽象的哲學概念來代替鬼神信仰的儒道二家，卻依然承此敬德的公道，約束個人的行爲，如《老子》七十九章：「天道無親，常與善人」，〔註18〕《易經・坤・文言傳》言：「積善之家，必有餘慶；積不善之家，必有餘殃」，〔註19〕逐漸地由宗教的信念轉化爲道德的信念。

（二）漢代祭祀之風的盛行及祭祀觀念的改變

周代爲先秦所建立大一統的王朝，不但綜合了諸神而建立了等級的祭祀制度，而且將宗教納於政治之下。《漢書・郊祀志》有簡扼的說明：

> 周公相成王，王道大洽，制禮作樂，天子曰明堂辟雍，諸侯曰泮宮。郊祀后稷以配天，宗祀文王於明堂以配上帝。四海之內各以其職來助祭。天子祭天下名山大川，懷柔百神，咸秩無文。五嶽視三公，四瀆視諸侯。而諸侯祭其量內名山大川，大夫祭門、户、井、竈、中霤五祀，士庶人祖考而已。各有典禮，而淫祀有禁。〔註20〕

由「淫祀有禁」之語可知凡超出國家祭典範圍，皆不予祭祀，在《國語・魯語上》中記海鳥曰「爰居」，止於魯東門之外三日，臧文仲使國人祭之。展禽認爲祭祀爲國家大典，須謹慎，方爲政之宜，其言：「凡禘、郊、祖、宗、報，此五者國之典祀也。加之以社稷山川之神，皆有功烈於民者也；及前哲令德

〔註13〕同註11，頁92。

〔註14〕見李杜，《中西哲學思想中的天道與上帝》（臺北：聯經版事業公司，1982年），頁14～15。

〔註15〕吳・韋昭注，《國語》，卷12，頁421～422。

〔註16〕同註11，頁235。

〔註17〕同註15，卷2，頁74。

〔註18〕見樓宇烈校釋，《老子周易王弼注校釋》，頁189。

〔註19〕同前註，頁229。

〔註20〕見漢・班固撰，唐顏師古注，《漢書》，卷25上，頁1193～1194。

之人，所以為明質也；及天之三辰，民所以瞻仰也；及地之五行，所以生殖也；及九州名山川澤，所以出財用也。非是不在祀典。」〔註 21〕在政治體制之下建立的宗教信仰多為實用的觀點，且須合乎禮儀典制，故《論語・為政篇》言：「非其鬼而祭之，諂也。」〔註 22〕凡不合乎禮節的祭祀都不會得到鬼神庇佑，在《禮記・曲禮下》便有「淫祀無福」〔註 23〕之說。

這是出之於政教的神道，但從宗教發生的原始心理著眼，神道仍然是普遍存在的神明和祭祀行為，《呂氏春秋・異寶篇》言：「荊人畏鬼，而越人信機」，〔註 24〕在《楚辭》的〈九歌序〉亦言：「楚國南郢之邑，沅、湘之閒，其俗信鬼而好祠。」〔註 25〕這些宗教信仰的發生淵源已久，由《山海經》山經部份的祭祀，〔註 26〕便可知其出於較原始的宗教心理。顧炎武在《日知錄・古今神祠》的一條中，便言及淫祠的問題：

> 春秋之世猶知淫祀之非，故衛侯夢夏相而甯子弗祀，晉侯卜桑林而荀罃弗禱。楚昭王有疾，卜曰河為祟，王弗祭，曰三代命祀，祭不越望，江漢睢漳，楚之望也，不穀雖不德，何非所獲罪也。至屈原之世而沅湘之間竝祀河伯，豈所謂楚人鬼而越人機，亦皆起於戰國之際乎？夫以昭王之所弗祭者，而屈子歌之，可以知風俗之所從變矣。〔註 27〕

顧炎武釋為風俗的轉變，事實上是在政教的神道外，保持了原有的宗教，及秦併天下，除了祠官常奉天地名山大小鬼神和秦皇帝過而祠的其他名山川諸鬼及八神之屬外，並郡縣遠方神祠者、民各自奉祠。〔註 28〕各地的神明逐漸

〔註 21〕同註 15，卷 4，頁 165～170。

〔註 22〕見宋・朱熹，《四書章句集注》（臺北：長安出版社，1991 年），頁 60。

〔註 23〕漢・毛亨傳，漢・鄭玄箋，唐・孔穎達正義，《毛詩注疏》，《十三經注疏》（臺北：藝文印書館，1955 年），卷 5，頁 97。

〔註 24〕見陳奇猷，《呂氏春秋校釋》，卷 10，頁 551。

〔註 25〕見宋・洪興祖，《楚辭補註》，卷 2，頁 98。

〔註 26〕在《山海經》的山經部分，每敘完同一方位之山，便詳述其祭祀方式。其神多為半人半獸之形，可見是為很早的祭祀觀，為一種對山嶽的崇拜，魯迅在其《中國小說史略》中，並據此推論《山海經》為古之巫書。見氏著，《魯迅小說史論文集》，頁 15。

〔註 27〕清・顧炎武，《原抄本日知錄》（臺北：明倫出版社，1970 年）卷 30，〈古今神祠〉，頁 875。

〔註 28〕《史記・封禪書》記載：「及秦并天下，令祠官所常奉天地名山大川鬼神可得而序也。……諸此祠皆太祝常主，以歲時奉祠之。至如他名山川諸鬼及八神

被爲政者接納，祭祀之風自漸盛行，而到了漢代便達於鼎盛。〔註 29〕由下列的數字可見一斑：

> 西漢時代，官置之「廟」（主要爲祭皇室祖靈的所在）、「畤」（主要爲帝神之祀祭場所）、「社」（主要爲祭拜土地神的所在）、「祠」（山川、鬼怪、仙人……等雜神祇之祀拜場所），偏佈全國，而且數量龐大。據載：漢初，單是雍一地，承秦之遺，便有一百多所；而宣帝（公元前 731～49 年）時，光是皇室的祖宗廟及寢園，便達三百多所；到了哀帝（公元前 61～1 年）時，各種祠達七百所，一年之祭祀達「三萬七千祠」；到王莽篡位後，更增至一千七百餘所。以上所舉列之數字只是部份，而非全數。〔註 30〕

這還只是官設的祭祀之所，據《漢書・地理志》，陳、齊、楚、漢中、巴蜀等地的風俗，皆「信巫鬼」、「重淫祀」、「好祭祀」，〔註 31〕而關中和漢武帝以後納入中國版圖的兩粵亦是如此，〔註 32〕可見各地祭祀鬼神之風亦足爲可觀。由此可知漢代的祭祀鬼神氾濫情況。而其所抱持的祭祀觀點爲何？《論衡・祀義篇》言：「世信祭祀，以爲祭祀者必有福，不祭祀者必有禍。」可見是爲祭祀而祭祀，而神禍福人的關鍵，由人的善惡行爲漸轉爲祭祀與否，《鹽鐵論・散不足篇》對此現象提出了批評：

> 古者德行求福，故祭祀而寬；仁義求吉，故卜筮而希。今世俗寬於行而求於鬼，怠於禮而篤於祭，嫚親而貴勢，至妄而信日，聽訑言而幸得，出實物而享虛福。〔註 33〕

在此只重祭祀而忽略德行的心態下，自然會導致祭祀無節的結果，就如同《論衡・祭意篇》所記敘的：

之屬，上過則祠，去則已。郡縣遠方神祠者，民各自奉祠，不領於天子之祝官。祝官有祕祝，即有菑祥，輒祝祠移過於下。」見漢・司馬遷撰，《史記》，卷 28，頁 1371，頁 1377。《漢書・郊祀志》亦同。

〔註 29〕漢代祭祀之風的盛行與其求僊之說有關。據《漢書・郊祀志》的敘述，漢武帝祭太一是爲求長生，而其方士李少君擅長祀竈之方，以利求仙。王莽爲求神仙而崇鬼神淫祀，都表明了求仙趨勢有助於祭祀之風的興盛。

〔註 30〕見林富士，〈略論漢代的巫〉，《臺大研究生復刊》第 2 期，1986 年 4 月，頁 19～23。

〔註 31〕見同註 20，卷 28 下，頁 1666，頁 1653。

〔註 32〕同註 30。

〔註 33〕見王利器，《鹽鐵論校注》（北京：中華書局，1992 年），頁 352。

況不著篇藉，世間淫祀，非鬼之祭，信其有神，爲禍福矣。

《風俗通義》卷九怪神中的所述李君神的故事，〔註 34〕是爲其說極佳的佐證，而可見當時盲目的崇拜心理。

漢代的祭祀名目之多，而又抱持著祭祀必有福，不祭祀則有禍的觀點，六朝小說中自然會出現如蔣子文祠那樣的故事，〔註 35〕神可以依人對其禮敬與否而施予賞或罰，在顧炎武《日知錄・古今神祠》中便記載了許多相似的故事，〔註 36〕由此便可理解前所述的桓闓一類的報應故事形成之因。

漢代以後的宗教觀已別於先秦，在政治上，以神道設教之風不行，漢人雖言天人感應，卻是基於由哲學觀點所塑造的迷信，在第四章中已述及。但是由公道觀念而起的敬德之說仍然存在。如《淮南子・人間篇》:「夫有陰德者必有陽報，有陰行者必有昭名。」〔註 37〕《說苑・雜言篇》:「凡人爲善者，天報以福，爲不善者，天報以禍。」〔註 38〕

從先秦以來雖然一直沿承此善有善報、惡有惡報的公道觀念，但驗諸於

〔註 34〕其故事內容爲:「汝南南頓張助，於田中種禾，見李核，意欲持去，顧見空桑中有土，因殖種，以餘漿溉灌，後人見桑中反復生李，轉相告語，有病目痛者，息陰下，言李君令我目愈，謝以一豚。目痛小疾，亦行自愈。眾犬吠聲，因盲者得視，遠近翕赫，其下車騎常數千百，酒肉滂沲。閒一歲餘，張助遠出來還，見之，驚云:『此有何神，乃我所種耳。』因就斲也。」見王利器，《風俗通義校注》(臺北:明文書局，1982 年)，頁 405。

〔註 35〕《搜神記》卷 5 中收錄三則有關蔣子文故事，《列異傳》中亦有簡略的一則，其中內容大抵皆爲蔣子文死後爲神的事蹟。今舉《搜神記》卷 5 中一則，以見其神威之一斑:「蔣子文者，廣陵人也。嗜酒好色，挑達無度。常自謂己骨清，死當爲神。漢末爲秣陵尉，逐賊至鍾山下，賊擊傷額，因解綬縛之，有頃遂死。及吳先主之初，其故吏見文于道，乘白馬，執白羽，侍從如平生。見者驚走。文追之，謂曰:『我當爲此土地神，以福爾下民。爾可宣告百姓，爲我立祠。不爾，將有大咎。』是歲夏，大疫，百姓竊相恐動，頗有竊祠之者矣。文又下巫祝:『吾將大啓祐孫氏，宜爲我立祠。不爾，將使蟲入人耳爲災。』俄而小蟲如塵蝱，入耳皆死，醫不能治。百姓愈恐。孫主未之信也。又下巫祝:『若不祀我，將又以大火爲災。』是歲，火災大發，一日數十處。火及公宮。議者以爲鬼有所歸，乃不爲厲，宜有以撫之。於是使使者封子文爲中都侯，次弟子緒爲長水校尉，皆加印綬。爲立廟堂。轉號鍾山爲蔣山，今建康東北蔣山是也。自是災厲止息，百姓遂大事之。」見晉・干寶撰，汪紹楹校注，《搜神記》，頁 57。

〔註 36〕同註 27，卷 30，頁 873～876。

〔註 37〕《淮南子》以陰陽論報應，是受陰陽觀念的影響，不過其旨仍不出善惡必報的公道觀。

〔註 38〕漢・劉向輯，《說苑》(臺北:臺灣中華書局，1966 年)，卷 17，葉 6。

事實，卻非必然，在《詩經》之中亦看到了怨天之詞，如《毛詩・小雅・雨無正》：「浩浩昊天，不駿其德。降喪饑饉，斬伐四國。旻天疾威，弗慮弗圖。舍彼有罪，既伏其辜。」〔註 39〕太史公在《史記・伯夷列傳》中便對「天道無親，常與善人」提出質疑，爲什麼伯夷叔齊等賢士，身遭厄運，而盜蹠之流卻壽祿以終。〔註 40〕王充在《論衡・幸偶篇》中，便認爲人生的遭遇是爲偶然，以命定去詮釋天之賞罰。〔註 41〕而道教提出了「承負」之說，認爲先人之善惡由子孫承當。湯用彤對此有詳細的說明：

> 但經（《太平經》）中盛倡「承負」之說，爲其根本義理之一。蓋謂祖宗作業之善惡，皆影響於其子孫。先人流惡，子孫受承負之災。帝王三萬歲相流，臣承負三千歲，民三百歲，皆承服相及，一伏一起，隨人政盛衰不絕。承負之最大，則至絕嗣。經中援用此義，以解釋顏夭跖壽等項不平等之事。如曰：「比若父母失道德，有過於鄉里，後子孫反爲鄉里所害，是即明承負之驗也。」如又有云：「力行善，反得惡者，是承負先人之過，流災前後積來害此人也。其行惡反得善者，是先人深有積蓄大功，來流及此人也。」〔註 42〕

這是本乎《易經・坤・文言傳》：「積善之家，必有餘慶；積不善之家，必有餘殃」的說法，但此說仍不能維護善惡之報的完密性，直至佛教東來後，輸入的輪迴觀念，才使報應之說在人心深植不疑，且佛教的輪迴業報是流及後

〔註 39〕同註 12，卷 12，頁 409 下。

〔註 40〕《史記・伯夷列傳》：「或曰：『天道無親，常與善人。』若伯夷、叔齊，可謂善人者非邪？積仁絜行如此而餓死！且七十子之徒，仲尼獨薦顏淵爲好學。然回也屢空，糟糠不厭，而卒蚤夭。天之報施善人，其何如哉？盜蹠日殺不辜，肝人之肉，暴戾恣睢，聚黨數千人橫行天下，竟以壽終。是遵何德哉？此其尤大彰明較著者也。若至近世，操行不軌，專犯忌諱，而終身逸樂，富厚累世不絕。或擇地而蹈之，時然後出言，行不由徑，非公正不發憤，而遇禍災者，不可勝數也。余甚惑焉，儻所謂天道，是邪非邪？」同註 28，卷 61，頁 2124～2125。

〔註 41〕《論衡・幸偶篇》言：「凡人操行，有賢有愚，及遭禍福，有幸有不幸。舉事有是有非，及觸賞罰，有偶有不偶。並時遭兵，隱者不中；同時被霜，蔽者不傷。中傷未必惡，隱蔽未必善，隱蔽幸，中傷不幸。俱欲納忠，或賞或罰；並欲有益，或信或疑。賞而信者未必眞，罰而疑者未必僞，賞信者偶，罰疑不偶也。」見漢・王充撰，黃暉校釋，《論衡校釋》卷 2，頁 37。

〔註 42〕見湯用彤，《漢魏兩晉南北朝佛教史》（臺北：鼎文書局，1985 年），頁 107～108。道教也主張報應觀念，在《抱朴子・對俗篇》和〈微旨篇〉中皆有道者當先立功德之說，不行好事，就不能得仙。

身，而非由子孫承負，因此更具公允性。〔註 43〕

第二節　六朝小說中的輪迴報應故事與佛教地獄輪迴的報應觀

六朝小說深受佛教思想的影響，其中的作品，實爲宣教而作，於其內容中，亦有變形的情節出現，它反映了佛教中那些思想？本節將作一探討。

一、六朝小說中輪迴報應故事及其顯示之變形觀

佛教輸入中土後，將報應的觀念延及來生，而由死後的地獄來定奪，最能顯現佛教變形觀念的就是趙泰遊地獄之事：

> ……泰問吏：「何人？」吏曰：「此名佛，天上天下，度人之師。」便聞佛言：「今欲度此惡道中及諸地獄人。」皆令出應，時云有萬九千人，一時得出地獄。即時見呼十人，當上生天，有車馬迎之，升虛空而去。復見一城云，縱廣二百里，名爲「受變形城」，云：「生來不聞道法，而地獄考治已畢者，當於此城更受變報。」入北門，見數千百土屋，中央有瓦屋，廣五十餘步，下有五百餘吏，對錄人名作善惡事狀，受是變身形之路，從其所趨去。殺者云當作蜉蝣蟲，朝生夕死，若爲人，常短命；偷盜者作豬羊身，屠肉償人；淫逸者作鵠鶩蛇身，惡舌者作鴟鴞鵂鶹，惡聲，人聞皆呪令死；抵債者爲驢馬牛魚鱉之屬。大屋下有地房北向，一户南向。呼從北户，又出南户者，皆變身形作鳥獸。又見一城，縱廣百里，其瓦屋，安居快樂。云生時不作惡，亦不爲善，當在鬼趣，千歲得出爲人。又見一城，廣有五千餘步，名爲「地中」。罰謫者不堪苦痛，男女五六萬，皆裸形無服，飢困相扶。見泰，叩頭啼哭。……泰問：「人生何以爲樂？」主者言：「唯奉佛弟子，精進，不犯禁戒爲樂耳！」又問：「未奉佛時，罪過山積，今奉佛法，其過得除否？」曰：「皆除。」……
>
> 〔註 44〕

〔註 43〕 湯用彤認爲：「《易》曰，積善之家，必有餘慶，積不善之家，必有餘殃。承負之說，自本乎此。但佛家之因果，流及後身。」同前註，頁 108。

〔註 44〕 宋・劉義慶撰，《幽明錄》，輯入魯迅輯，《古小說鉤沈》，《魯迅輯錄古籍叢編》，第一卷，頁 256～258。另《冥祥記》亦錄有趙泰遊地獄的故事，見王國良，《冥

由文中所述知變形是死後審判的結果，以前生的行爲善惡，定其來生的形體，經由地獄的組織來行其事。變形爲鳥獸之身，實意味爲惡的懲罰，若欲除此懲罰，則須奉持佛法。由此觀來，這段敘述實帶有極濃的宣教意味，不過其至少亦勾勒出變形之於佛教的意義一個基本輪廓，即：

（一）變形是人死後經由地獄審判，以定其來生之形的結果。

（二）審判的依據是一己前生的行爲，爲惡者多以非人形投胎轉世，變形即成爲一種懲罰的手段。

雖然這是從一個故事中抽繹出的觀點，但卻最能說明當時中土受佛教思想而產生的輪迴報應之說，若要去求知這樣的觀點的形成，自必須回溯至佛教對於宇宙人生的看法。

在六朝小說中或僅見變形的敘述，如《冥祥記》杜願之兒死後以豬身再投胎轉世，便無述及其審判過程：

> 晉杜願，字永平，梓潼涪人也。家巨富，有一男，名天保，願愛念。年十歲，泰元三年，暴病而死。經數月日，家所養豬，生五子；一子最肥。後官長新到，願將以作禮，捉就殺之。有一比丘，忽至願前，謂曰：「此豘是君兒也。如何百餘日中，而相忘乎？」〔註 45〕

此故事的重點或在勸人切勿殺生，但亦陳述出輪迴變形的事實。

這些由輪迴觀念而產生的因果變形故事，大致上亦反映了前一節所述因果變形的觀點，而這兩種同爲因果的變形故事，最大的歧異在於一者見於今生，一者見於來生，前者既於今生畢見其變形之果，則蘊有其復形的可能，尤其藉由巫術而達成的變形，特別如此，如鄭襲、黃苗最後都還其本來面目。而於來生的變形則只有在下一個輪迴中才有變易形體的可能。

二、佛教輪迴報應和地獄之說

自東漢末年佛教輸入中土之後，譯經風氣漸盛，佛教思想予中國哲學、宗教、社會、文學等各方面極大的影響。而佛教中天道輪迴、因果報應之說亦與中國原有之報應思想合流，尤其地獄的死後世界，更強固了中國人報應之必然的信念。

祥記研究》（臺北：文史哲出版社，1999 年），下編輯佚校釋，頁 78～79。

〔註 45〕見王國良，《冥祥記研究》，下編輯佚校釋，頁 122。

（一）佛教輪迴報應觀

佛教的輪迴觀是承襲了印度固有的輪迴說，其說實由下層的宗教信仰和上流的哲學考察結合所起，佛教沿承了婆羅門教的輪迴思想，卻發展出不同的輪迴主體，婆羅門教的輪迴主體，是一種「我論」性的固定靈魂，認爲人與動物在生命的本質上無別，而死後，生命本質的「我」，一定會向別的肉體求托，應其業而宿其體，展轉移生，但佛教的輪迴主體是「業」，而此「業」是無實體的緣起力，〔註 46〕業是自我在昏迷的活動結果，自我的昏迷，即在欲念的驅策下的盲目意志，即由欲產生意向，意向生業，而業生果。此種結果「生出」具體生命，造成繼續之流轉，〔註 47〕即由於「無明」才產生輪迴，人必須修道達到涅槃的境界，方能從輪迴之道中解脫，故佛陀主要藉輪迴之說，勸人修道。業和輪迴代表了佛家對宇宙人生的基本看法。

佛教輸入中國後，前述的「靈魂輪迴」和佛教的「依業輪迴」有合流的現象，從袁宏的《後漢紀》的敘述便可掌握及此：

> 又以爲人死精神不滅，隨復受形。生時所行善惡，皆有報應。故所貴行善修道，以鍊精神而不已，以至無爲，而得爲佛也。〔註 48〕

生命依業輪迴，善惡各得其果，「行善者受善生，行惡者受惡生」，〔註 49〕果報之說便可延至前世來生，而形成了佛家的三世報應說：

> 經說業有三報：一曰見報，二曰生報，三曰後報。見報者，善惡始於此身，即此身受。生報者，來生便受。後報者，或經二生三生百生千生，然後乃受。受之無主，必由於心，心無定司，感事而應，應有遲速，故報有先後。先後雖異，咸隨所遇而爲對，對有強弱，故輕重不同。斯乃自然之賞罰，三報之大略也。〔註 50〕

由人必有來生，便可推論在今生之前，而有前世也，三世報應說肯定了善惡報應之必然，若報應不見於今生，則必依輪迴見於來生，甚而來生之來生，也可解釋了眾人對善惡報應所起之疑。顏之推在《顏氏家訓・歸心篇》便以

〔註 46〕見李世傑，《原始佛教哲學史——印度佛教哲學史》（臺北：臺灣佛教月刊社，1964 年），頁 59～60。

〔註 47〕見勞思光，《中國哲學史》第二卷（香港：崇基書局，1980 年），頁 197～199。

〔註 48〕晉・袁宏，《後漢紀》（臺北：華正書局，1974 年），卷 10，〈孝明皇帝紀〉，頁 166。

〔註 49〕同註 46，頁 59。

〔註 50〕晉・釋慧遠，〈三報論〉，《全上古三代秦漢三國六朝文》（北京：中華書局，1958 年），《全晉文》，卷 162，頁 2398。

佛教的報應以釋歷史上不合善惡報應的事實：

> 夫信謗之徵，有如影響；耳聞目見，其事已多，或乃精誠不深，業緣未感，時儻差闌，終當獲報耳。善惡之行，禍福所歸。九流百氏，皆同此論，豈獨釋典爲虛妄乎？項橐、顏回之短折，伯夷、原憲之凍餒，盜跖、莊蹻之福壽，齊景、桓魋之富強，若引之先業，冀以後生，更爲通耳。〔註51〕

（二）佛教的地獄與中國冥界的合流

佛教的業力可以達成現生的報應，更可達到來生的報應，佛教稍修改了婆羅門教的說法，認爲來生之報有六趣，〔註52〕即地獄、畜生、餓鬼、阿脩羅、人、天等六道，即一般所謂的六道輪迴，前三者爲爲惡眾生死後之所趣，後三者則爲善者死後之所趣。六道輪迴中述及地獄，可見地獄爲輪迴之一道，與畜生、餓鬼同爲眾惡之報，如《雜阿含經》所謂：「愚癡無聞凡夫，於彼命終，生地獄、畜生、餓鬼中。」〔註53〕而後地獄漸轉爲死後必趣之地，眾生從地獄依業轉生，如《佛本行集經》所謂：

> 或有眾生，從地獄出，還墮地獄、或有眾生，從地獄出，生畜生身。
> 或有眾生，從地獄出，受餓鬼身。或有眾生，從地獄出，受於人身。
> 或有眾生，從地獄出，受於天身。〔註54〕

此人死後必趣之，且依業報轉生的地獄，爲六朝小說中所見地獄的主體。

在中國本有死後所趨之地域，顧炎武的《日知錄‧泰山治鬼》一條，便以爲《楚辭‧招魂》中的幽都爲釋家地獄之說所本，復又提出漢哀平以後泰山爲人死後魂魄歸處。〔註55〕關於前者，臺靜農先生已駁其非，〔註56〕不過

〔註51〕王利器，《顏氏家訓集解》（北京：中華書局，1993年），頁354～355。顏之推篤信罪福，《顏氏家訓‧歸心篇》皆爲釋家報應之說。

〔註52〕本只有五趣，後加入阿脩羅爲第四以成六趣，見木村泰賢著，歐陽瀚存譯，《原始佛教思想論》（臺北：臺灣商務印書館，1958年），頁159。

〔註53〕《雜阿含經》，卷31，《大藏經》（臺北：中華佛教文化館影印大藏經委員會，1957年），第2冊，頁219。

〔註54〕《佛本行集經》，卷33，《大藏經》，第3冊，頁805。

〔註55〕顧炎武《日知錄》曰：「或曰，地獄之說本於宋玉〈招魂〉之篇，長人土伯，則夜叉羅剎之倫也。爛土雷淵，則刀山劍樹之地也。雖文人之寓言，而意已近之矣。於是魏晉以下之人遂演其說而附之釋氏之書。」同註27，卷30，頁877。

〔註56〕臺先生認爲宋玉之文與釋氏之書，各不相干，前者「甘人」，以人類爲仇敵，

由幽都的出現，可知幽冥地府的出現非常早，〔註 57〕甚至余英時先生有《左傳·隱公元年》所引鄭莊公「不及黃泉，無相見」之語的黃泉爲漢以後的「黃泉」觀念的假設，那麼中國古代地下世界的信仰至少可追溯至西元前八世紀。〔註 58〕臺先生除了辨明顧氏幽都爲地獄說的雛形之非，並在其文章中，詳述了漢以來的泰山觀念，由六朝小說中的記載，說明魏晉時只有泰山的鬼世界而無悲苦的地獄觀，因泰山只是人死後所歸之處，不具任何審判懲罰的意義。而在南朝出現的地獄之說，雖有許多生動的地獄諸相的描寫，卻未出現閻羅王，〔註 59〕如王琰的《冥祥記》中記地獄之事的有十四、五條，而凡提及地獄主的皆是太山府君。〔註 60〕事實上，在六朝小說中出現的地獄之說，往往含有中國本土的死後世界，如《幽明錄》中舒禮的故事，將地獄建立在泰山，〔註 61〕而《還冤志》中王範故事言及女青亭者爲第三地獄，名在黃泉之下，〔註 62〕都爲此類的地獄觀。

關於佛教地獄的名稱、流入中國的時間，以及地獄的結構，臺先生已有詳介，〔註 63〕而有關佛教地獄說的流變和內容，丁敏已作整理分析，並詳述了眾生的惡行與地獄刑罰之關係。〔註 64〕據其所述，除了前所提及之《佛本行集經》敘述出地獄依業輪迴外，未見如趙泰遊地獄的受變形城之類，此殆爲小說家據六道輪迴而衍說，若由佛教中地獄屬六道眾生產生之法——四生

後者以賞罰別人類善惡，實不可混爲一談。見氏著，〈佛教故實與中國小說〉一文，《靜農論文集》（臺北：聯經出版事業公司，1989 年），頁 178～179。

〔註 57〕在《山海經》的〈海內經〉中有幽都之山，其上之物盡黑，有玄鳥、玄蛇、玄豹、玄虎、玄狐蓬尾，有大玄之山，有玄丘之民，大幽之國，袁珂認爲其景象類〈招魂〉所寫的幽都，疑爲幽都神話之古傳。見袁珂，《山海經校注》，頁 462～463。

〔註 58〕見余英時，〈中國古代死後世界觀的演變〉，《中國思想傳統的現代詮釋》，頁 132。

〔註 59〕北魏楊衒之所著的《洛陽伽藍記》，有崇眞寺一則記比丘惠凝入地獄，經閻王檢閱事，其中地獄神，已是閻羅王。見楊勇，《洛陽伽藍記校箋》（臺北：正文書局，1982 年），頁 76～77。

〔註 60〕同註 56，頁 181。

〔註 61〕見魯迅輯錄，《古小說鉤沈》，《魯迅輯錄古籍叢編》，第一卷，頁 200。

〔註 62〕北齊·顏之推撰，《還冤志》，《文淵閣四庫全書》（臺北：臺灣商務印書館，1983 年），第 1042 冊，頁 571 上。

〔註 63〕同註 56，頁 174～183。

〔註 64〕見丁敏，《佛家地獄說之研究》（政治大學中國文學研究所碩士論文，1981 年）。

中之化生而觀，〔註 65〕佛教的地獄觀念中含有變形的意義，憑己之業力而轉生。這樣的變形在實質上爲一種因果變形，前生的業力爲因，後生的形體爲果。佛教的輪迴觀念和地獄之說，基本上都是奠基於因果關係，同時也都保障了報應之必然。

鄭振鐸曾論佛教的輸入予中國小說以極大的影響，除了提供了很多佛經的故事題材外，更引導了小說的作者向一條因果報應的故事路上走去。〔註 66〕尤其地獄的恐佈形相是爲小說極好的題材，足以幫助釋教徒達其宣教的目的。

梗概地敘述了中國古代至魏晉南北朝時的宗教信仰和觀念，無論是中國本土的天道觀念或佛教東來後輸入的輪迴地獄之說，莫不呈現了己身行爲而得禍福的報應觀念，基於宗教信仰，必然有相對的事實。在六朝小說中，會出現報應的故事，是有其宗教背景因素，而其中的變形便爲報應的結果之一，尤其佛教的六道輪迴之說，基本上就是運用變形達其報應之說。

〔註 65〕木村泰賢認爲：「……五道或六道眾生，由其產生之方法區分之，則爲四種，所謂四生，即胎生、卵生、濕生、化生是也。第一胎生者，如普通人畜，由母胎而生。第二卵生者，如鳥由卵而生。第三濕生者，如蚊蚋由濕地而生。第四化生者，如天界或地獄，於上之三生以外，所謂自然化生也。」見木村泰賢著，歐陽瀚存譯，《原始佛教思想論》，頁 161。

〔註 66〕見氏著，《中國文學中的小說傳統》，頁 25～26。

第七章　結　論

本書探究了先秦至六朝的變形故事及其思想背景因素。

先秦變形神話和《莊子》寓言變形故事的出現，說明了在六朝小說之前便有關涉變形的文學作品。神話和《莊子》的變形雖同樣呈現了生命綜合的觀點，但卻有不同意涵，同時也對後世文學有著不同的影響。

對於神話中的變形，本書從人類心理的觀點檢視神話的創作動機，可由死生變形、化生變形以及感生變形三類變形神話，分別尋索出其同情心理、詮釋宇宙萬物創生的心理和賦予重要人物非凡出生的心理。而這些心理又以其恆常性留傳於後世。即因神話的心理功能之恆常性，神話心理仍沉澱於人類心靈，而反映在六朝的小說之中。基此心理而產生的變形故事，其變形意涵雖然不變，但故事隨著時代的演進而難免會具有一些理性的色彩。

《莊子》寓言的變形，是其物化思想的表達，其以變形釋物體的生滅形式，認爲萬物爲一相續的循環變動，又以氣爲此變動的具體陳述，而影響及漢代的氣化宇宙論。

在六朝的小說中，非但有各種有關物類形體變易的故事，同時也出現了變形理論——干寶《搜神記》中的〈變化論〉，其由氣化的觀點，賦予六朝小說中變形故事形上的依據，即干寶立論的根由是漢代的氣化宇宙論，漢人承自《莊子》，以氣爲萬物的本質元素，並加之以陰陽五行的觀念，在同中求異，分氣爲陰陽五行之別，又以陰陽五行的運行，說明萬物的生成，由此而發展出稟氣受形、形成性定之說。同時，漢人亦以氣化宇宙論的觀點，將先秦以來的天人相應的災異之說，納入形上系統，以氣類的感應，建立了一套相應人事的休咎徵說。此外，東漢王充雖然反對陰陽五行的思想，提倡一元氣化論，卻仍然以稟元氣之多少，論萬物的形性之別，同時由此氣性論，探討了形體變易的問題，他認爲「氣變物類」，物類是因氣變而形易，如蝦蟆爲鶉，而人之變卻是應政而變，如男化女之事。這些漢代的觀點，延展出干寶較完備的〈變化論〉，他亦認爲萬物由五氣化成，五氣各有清濁之別，形成不同形性，如在殊方異域就有別於中土的怪物出現；而氣變則形易，而氣之變又有正常、反常之別，正常的變化主要是在於時間的因素，而提出了數至、時化之說，而這兩種觀點，亦其來有自，時化之說見於漢之前，而數至之說，殆爲漢代遍見的觀念。至若反常之變，即同書中〈妖怪論〉所述「本於五行，通於五事」之妖怪，亦基於漢代氣化論的天人相應觀點立說，總之干寶認爲萬物形體的變易都有因由，他們以文士的身份提供了一個認知的角度，所依據的都是漢代已有的觀點。從其論物類之變爲常和以人之變爲反常變化之例，已見出有以人爲本的傾向，事實上自《淮南子》以來，便從稟氣的類別上，提高人的地位，《論衡》中便有人爲最貴，其形不可變易，干寶〈變化論〉中會有人本的傾向，亦屬自然。

干寶以其理論詮釋六朝小說中的變形故事，大體上而言，六朝小說中出現作爲休咎異徵的變形，完全是漢代天人相應說的產物，至若大量出現物魅變形，其積歲能變的變形成因，固可歸於干寶的數至之說，然其實已融合了當時民間物老成精的傳說，同時也展現了其他方面的意義，不過從其由物變人的現象而觀，亦反映了人本進化觀。

六朝小說中的變形觀另一大源頭是戰國以後所發展出的神仙觀念，在六朝時出現了文士們有關成仙是否可能的論辯，其爭論的焦點卻在於變形，可見變形與神仙觀念密切相關。在六朝小說中，出現了許多神仙故事，可看出升登變形爲仙和化爲鳥形，是神仙具有之能力和形象，實因神話和《莊子》的超現實成份，塑造了神仙仙境和不拘時空超越生死的神仙特質，而導致變形成仙的觀念產生，尤其以化爲可飛行的禽鳥爲主。此外，在六朝小說中出現以方術變易形體的記述，亦與神仙思想密切相關，其中涉及了神仙觀念的改變，經由帝王們的求仙活動，帶動了方術之士的興盛，求仙即有方可循，同時又因當時成仙不必改變舊形、離開現世，故使得變形成爲神仙之術，可由特定的方法達成，所變之物亦日趨廣泛，而後由方士所引導尸解仙說，亦以變形來釋仙家的長生。由神仙的變形可知其基本上是對死亡的一種詮釋，不過強調了修鍊的方法和自身不受形軀之限的自在逍遙，實將《莊子》所闡釋的人生境界，藉由特定的方法，落實於現實。不過其後神仙思想中以人爲貴的觀點，實與《莊子》齊萬物的思想，大相逕庭。

六朝小說中的變形亦是因果報應的結果，即基於人之行爲的善惡，而操之於冥冥中的力量，其根本原因是在於中國本土的神人關係和天道報應觀之成立，以及漢以後淫祀之風的盛行和祭祀觀點的改變，使神具有無上權威神力來懲罰人的行爲。又加上佛教東傳，其輪迴地獄之說，認爲人依業輪迴，並發展出死後歷經地獄審判而變形的過程。

經由本書的探索，可知六朝小說中的變形觀展現了豐富的內涵，或基於人類神話心理的塑造，或已出現了形上的氣化思想的詮解，或與神仙觀念、因果觀念密切相關。而變形實具有逃避死亡、展現神異、追求自由，以及懲罰的意義，而其中雖然亦存有萬物皆可化的觀念，但卻十分顯著流露著以人爲本的進化觀念。離原始心靈的綜合生命觀點，愈來愈遠。

經由思想進路的探索，可知六朝小說中的變形觀已與先秦文學中的變形觀，在意涵上實有差異，除了神話心理的遺留之外，六朝小說的變形觀全爲當代思想的反映，而具有其獨自的特色，從此我們可看出六朝時，人們對生命、宇宙的看法。同時亦鑑知六朝小說中的變形含有思想上的深刻性，亦即其價值所在。

六朝小說變形觀的探索，使我們看清了當時思想背景的理路如何作用於小說之中，據此可知，余英時先生何以會認爲在中國作爲理論層次的大傳統和行爲層次的小傳統之間，往往具有密切的關係，〔註1〕六朝小說中的變形故事非但具體反映了當時的思想觀念，甚而可說許多變形故事是由當時的思想影響下而產生的。

由於本書較側重思想背景的探討，大致已廓清六朝小說中的變形觀點，雖在當時社會背景方面，略述及一二，但卻未對此強化變形觀點的橫之因素，作進一步的考述。筆者不揣固陋，嘗試以變形爲中心，探討六朝小說的思想背景，由於這是一個新的研究方向，自然有許多值得商榷之處，伏願學界先進不吝賜正。

〔註1〕大、小傳統爲人類學者雷德斐（Robert. Redfield）提出，大傳統即是所謂的高層文化，由少數具思考能力的上層人士所創造，而小傳統即是低層文化，由民間發展而成的，而余英時認爲在中國大小傳統，一向都是互相依存，互相交流的。見氏著，《史學與傳統》（臺北：時報文化出版企業有限公司，1986年）之序言。

主要參考書目

一、

1. 魏・王弼、韓康伯注，唐・孔穎達正義，《周易注疏》，臺北：藝文印書館，1955 年，《十三經注疏》本。
2. 漢・孔安國傳，唐・孔穎達正義，《尚書注疏》，臺北：藝文印書館，1955 年，《十三經注疏》本。
3. 舊題漢・伏勝撰，鄭玄注，清・陳壽祺輯校，《尚書大傳》，臺北：臺灣商務印書館，1979 年，《四部叢刊正編》本。
4. 屈萬里，《尚書釋義》，臺北：中國文化大學出版部，1980 年重排版。
5. 漢・毛亨傳，漢・鄭玄箋，唐・孔穎達正義，《毛詩注疏》，臺北：藝文印書館，1955 年，《十三經注疏》本。
6. 漢・鄭玄注，唐・孔穎達正義，《禮記注疏》，臺北：藝文印書館，1955 年，《十三經注疏》本。
7. 漢・鄭玄注，唐・《周禮》，臺北：藝文印書館，1955 年，《十三經注疏》本。
8. 晉・杜預注，唐・孔穎達正義，《春秋左傳注疏》，臺北：藝文印書館，1955 年，《十三經注疏》本。
9. 楊伯峻，《春秋左傳注》，臺北：源流出版社，1982 年初版。
10. 漢・許愼撰，清・段玉裁，《說文解字注》，臺北：漢京文化事業有限公司，1980 年。
11. 安居香山、中村璋八輯，《緯書集成》，石家莊：河北人民出版社，1994 年。
12. 吳・韋昭注，《國語》，臺北：里仁書局，1981 年初版。
13. 漢・劉向集錄，范祥雍箋證，《戰國策箋證》，上海：上海古籍出版社，

2006 年。
14. 漢・司馬遷撰，南朝宋・裴駰集解，唐・司馬貞索隱、張守節正義，《史記》，臺北：啓業書局，1978 年。
15. 漢・班固撰，唐・顏師古注，《漢書》，臺北：鼎文書局，1984 年三版。
16. 南朝宋・范曄撰，唐・李賢等注，《後漢書》，臺北：鼎文書局，1983 年二版。
17. 晉・陳壽撰，南朝宋・裴松之注，《三國志》，臺北：鼎文書局，1983 年二版。
18. 唐・房玄齡等，《晉書》，臺北：洪氏出版社，1975 年。
19. 南朝梁・沈約，《宋書》，臺北：鼎文書局，1975 年初版。
20. 北齊・魏收，《魏書》，臺北：鼎文書局，1975 年初版。
21. 晉・袁宏，《後漢紀》，臺北：華正書局，1974 年。
22. 晉・皇甫謐撰，清・顧觀光輯，《帝王世紀》，收入清・錢熙祚校刊，《指海》，臺北：藝文印書館，1967 年，《百部叢書集成》。
23. 北魏・楊衒之著，楊勇校箋，《洛陽伽藍記校箋》，臺北：正文書局，1982 年初版。
24. 清・朱右曾輯錄，王國維校補，《古本竹書紀年輯校》，《王觀堂先生全集》第 13 冊，臺北：文華出版社，1968 年。
25. 清・馬驌撰，王利器整理，《繹史》，北京：中華書局，2002 年
26. 魏・王弼注，樓宇烈校釋，《老子周易王弼注校釋》，臺北：華正書局，1981 年。
27. 清・郭慶藩集釋，《莊子集釋》，臺北：華正書局，1980 年。
28. 王叔岷，《莊子校詮》，臺北：中央研究院歷史語言研究所，1988 年。
29. 清・孫詒讓撰，孫以楷點校，《墨子閒詁》，臺北：華正書局，1987 年。
30. 唐・楊倞注，清・王先謙集解，《荀子集解》，臺北：世界書局，1967 年再版。
31. 陳奇猷集釋，《韓非子集釋》，臺北：華正書局，1982 年。
32. 唐・尹知章注，清・戴望校正，《管子校正》，臺北：世界書局，1973 年四版。
33. 陳奇猷校釋，《呂氏春秋校釋》，臺北：華正書局，1985 年。
34. 漢・劉安撰，劉文典集解，《淮南鴻烈集解》，臺北：臺灣商務印書館，1978 年。
35. 漢・劉安撰，清・茆泮林輯，《淮南萬畢術》，收入《十種古逸書》，臺北：藝文印書館，1967 年，《百部叢書集成》。

36. 漢・董仲舒撰，凌曙注，《春秋繁露注》，臺北：世界書局，1960 年再版。
37. 漢・劉向輯，《說苑》，臺北：臺灣中華書局，1966 年。
38. 漢・魏伯陽撰，《周易參同契》，收入張繼禹主編，《中華道藏》第 16 冊，北京：華夏出版社，2004 年。
39. 漢・桓寬撰，王利器校注，《鹽鐵論校注》，北京：中華書局，1992 年。
40. 漢・班固撰，清・陳立疏證，《白虎通疏證》，北京：中華書局，1994 年。
41. 漢・王充撰，黃暉校釋，《論衡校釋》，北京：中華書局，1990 年。
42. 漢・應劭撰，王利器校注，《風俗通義校注》，臺北：明文書局，1982 年。
43. 晉・葛洪撰，王明校釋，《抱朴子內篇校釋》，北京：中華書局，1988 年。
44. 楊伯峻，《列子集釋》，臺北：華正書局，1987 年。
45. 魏・王肅注，《孔叢子》，收入明・程榮校刊，《漢魏叢書》，臺北：新興書局，1970 年。
46. 北齊・顏之推撰，王利器集解，《顏氏家訓集解》，臺北：漢京文化事業有限公司，1983 年。
47. 宋・朱熹，《四書章句集注》，臺北：長安出版社，1991 年。
48. 宋・黎靖德編，《朱子語類》，臺北：正中書局，1962 年。
49. 清・顧炎武撰，黃侃、張繼校勘，徐文珊點校，《原抄本日知錄》，臺北：明倫出版社，1970 年三版。
50. 王明編，《太平經合校》，北京：中華書局，1960 年。
51. 《大藏經》，臺北：中華佛教文化館影印大藏經委員會，1957 年。
52. 袁珂校注，《山海經校注》，臺北：里仁書局，1981 年。
53. 舊題漢・東方朔撰，晉・張華注，《神異經》，《漢魏六朝筆記小說大觀》，上海：上海古籍出版社，1999 年。
54. 舊題漢・東方朔撰，《海內十洲記》，《漢魏六朝筆記小說大觀》，上海：上海古籍出版社，1999 年。
55. 舊題漢・劉向撰，晉・葛洪集錄，《西京雜記》，《漢魏六朝筆記小說大觀》，上海：上海古籍出版社，1999 年。
56. 舊題漢・班固撰，《漢武帝內傳》，《漢魏六朝筆記小說大觀》，上海：上海古籍出版社，1999 年。
57. 舊題漢・班固撰，《漢武故事》，《漢魏六朝筆記小說大觀》，上海：上海古籍出版社，1999 年。
58. 舊題漢・郭憲撰，《洞冥記》，《漢魏六朝筆記小說大觀》，上海：上海古籍出版社，1999 年。
59. 魏・曹丕撰，《列異傳》，收入魯迅輯錄，《古小說鉤沈》，《魯迅輯錄古籍叢編》，第一卷，北京：人民文學出版社，1999 年。

60. 晉・張華撰，范寧校證，《博物志校證》，臺北：明文書局，1984 年再版。
61. 晉・郭璞注，《穆天子傳》，《漢魏六朝筆記小說大觀》，上海：上海古籍出版社，1999 年。
62. 晉・郭氏撰，《玄中記》，收入魯迅輯錄，《古小說鉤沈》，《魯迅輯錄古籍叢編》，第一卷，北京：人民文學出版社，1999 年。
63. 晉・干寶撰，汪紹楹校注，《搜神記》，臺北：里仁書局，1999 年。
64. 晉・王嘉撰，梁・蕭綺錄，《拾遺記》，《漢魏六朝筆記小說大觀》，上海：上海古籍出版社，1999 年。
65. 晉・陶潛撰，《搜神後記》，《漢魏六朝筆記小說大觀》，上海：上海古籍出版社，1999 年。
66. 晉・陶潛撰，汪紹楹校注，《搜神後記》，臺北：木鐸出版社，1982 年。
67. 南朝宋・劉義慶撰，余嘉錫箋疏，《世說新語箋疏》，臺北：仁愛書局，1984 年。
68. 南朝宋・劉義慶撰，《幽明錄》，收入魯迅輯錄，《古小說鉤沈》，《魯迅輯錄古籍叢編》，第一卷，北京：人民文學出版社，1999 年。
69. 南朝宋・東陽无疑撰，《齊諧記》，收入魯迅輯錄，《古小說鉤沈》，《魯迅輯錄古籍叢編》，第一卷，北京：人民文學出版社，1999 年。
70. 南朝宋・吳均錄，《續齊諧記》，《漢魏六朝筆記小說大觀》，上海：上海古籍出版社，1999 年。
71. 南朝宋・劉敬叔撰，《異苑》，《漢魏六朝筆記小說大觀》，上海：上海古籍出版社，1999 年。
72. 齊・祖沖之，《述異記》，收入魯迅輯錄，《古小說鉤沈》，《魯迅輯錄古籍叢編》，第一卷，北京：人民文學出版社，1999 年。
73. 齊・王琰撰，《冥祥記》，收入王國良《冥祥記研究》，臺北：文史哲出版社，1999 年。
74. 梁・任昉，《述異記》，收入明・程榮校刊，《漢魏叢書》，臺北：新興書局，1970 年。
75. 梁・宗懍撰，隋・杜公贍注，《荊楚歲時記》，《漢魏六朝筆記小說大觀》，上海：上海古籍出版社，1999 年。
76. 北齊・顏之推撰，《還冤志》，《文淵閣四庫全書》第 1042 冊，臺北：臺灣商務印書館，1983 年。
77. 撰人不詳，《錄異傳》，收入魯迅輯錄，《古小說鉤沈》，《魯迅輯錄古籍叢編》，第一卷，北京：人民文學出版社，1999 年。

78. 撰者不詳，清洪頤煊輯，《白澤圖》，輯入《經典集林》，《問經堂叢書》，臺北：藝文印書館，1968 年，《百部叢書集成》。
79. 宋・李昉編，《太平御覽》，北京：中華書局，1960 年。
80. 宋・李昉編，《太平廣記》，臺北：文史哲出版社，1981 年。
81. 宋・洪興祖，《楚辭補註》，臺北：藝文印書館，1960 年。
82. 明・胡應麟，《少室山房筆叢》，《文淵閣四庫全書》第 886 冊，臺北：臺灣商務印書館，1983 年。
83. 清・嚴可均輯，《全上古三代秦漢三國六朝文》，北京：中華書局，1958 年。
84. 陳萬鼐主編，《全明雜劇》，臺北：鼎文書局，1979 年。

二、

1. 王叔岷，《莊學管闚》，臺北：藝文印書館，1978 年。
2. 王夢鷗，《鄒衍遺說考》，臺北：臺灣商務印書館，1966 年臺初版。
3. 王瑤，《中古文學史論》，臺北：長安出版社，1982 年再版。
4. 王國良，《魏晉南北朝志怪小說研究》，臺北：文史哲出版社，1984 年。
5. 玄珠、袁珂、譚達先，《中國古代神話》甲編三種，臺北：里仁書局，1982 年。
6. 余英時，《史學與傳統》，臺北：時報文化出版事業有限公司，1986 年初版五刷。
7. 李世傑，《原始佛教哲學史——印度佛教哲學史》，臺北：臺灣佛教月刊社，1964 年再版。
8. 李杜，《中西哲學中的天道與上帝》，臺北：聯經出版事業公司，1982 年初版。
9. 李宗侗，《中國古代社會史》（一），臺北：中華文化出版事業社，1963 年四月再版。
10. 李漢三，《先秦兩漢之陰陽五行學說》，臺北：維新書局，1968 年初版。
11. 李劍國，《唐前志怪小說史》，天津：南開大學出版社，1984 年。
12. 李豐楙，《六朝隋唐仙道小說研究》，臺北：學生書局，1986 年初版。
13. 吳曾德，《漢代畫像石》，臺北：丹青圖書有限公司，1986 年臺一版。
14. 金榮華，《六朝小說志怪小說情節單元索引》，臺北：文化大學，1984 年 3 月初版。
15. 林惠祥，《神話論》，臺北：臺灣商務印書館，1979 年臺三版。
16. 林惠祥，《文化人類學》，臺北：臺灣商務印書館，1981 年臺七版。
17. 周紹賢，《道家與神仙》，臺北：臺灣中華書局，1982 年三版。

18. 周策縱，《古巫醫與「六詩」考——中國浪漫文學探源》，臺北：聯經出版事業公司，1986年。
19. 胡適，《中國哲學史大綱》卷上，臺北：里仁書局，1982年。
20. 胡適，《中國中古思想史長編（手稿本）》，臺北：胡適紀念館，1971年。
21. 徐復觀，《中國人性論史》，臺北：臺灣商務印書館，1982年六版。
22. 徐復觀，《兩漢思想史》，臺北：學生書局，1976年初版。
23. 袁珂，《古神話選釋》，臺北：長安出版社，1986年三版。
24. 許地山，《道教史》，臺北：牧童出版社，1980年初版。
25. 湯一介，《郭象與魏晉玄學》，臺北：谷風出版社，1987年。
26. 湯用彤，《漢魏兩晉南北朝佛教史》，臺北：鼎文書局，1985年三版。
27. 勞思光，《中國哲學史》第二卷，香港：崇基書局，1980年三版。
28. 葉慶炳，《中國文學史》，臺北：弘道文化事業有限公司，1980年重編一版。
29. 葉慶炳，《談小說妖》，臺北：洪範書局，1980年二版。
30. 馮作民譯著，《西洋神話全集》，臺北：星光出版社，1985年九版。
31. 黃俊傑主編，《中國文化新論思想篇（二）——天道與人道》，臺北：聯經出版事業公司，1981年。
32. 楊儒賓，《先秦道家「道」的觀念的發展》，臺北：國立臺灣大學出版委員會，1987年。
33. 聞一多，《神話與詩》，《聞一多全集》第一冊，臺北：里仁書局，1993年。
34. 魯迅，《中國小說史略》，《魯迅小說史論文集》，臺北：里仁書局，2003年。
35. 鄭振鐸，《中國文學中的小說傳統》，臺北：木鐸出版社，1985年初版。
36. 劉大杰，《中國文學發展史》，臺北：臺灣中華書局，1964年臺八版。
37. 劉葉秋，《魏晉南北朝小說》，臺北：木鐸出版社，1983年初版。
38. 蔣祖怡，《小說纂要》，臺北：正中書局，1979年臺五版。
39. 樂蘅軍，《古典小說散論》，臺北：純文學出版社，1984年初版。
40. 蔡英俊主編，《中國文化新論文學篇（一）——抒情的境界》，臺北：聯經出版事業公司，1981年。
41. 蔡英俊主編，《中國文化新論文學篇（二）——意象的流變》，臺北：聯經出版事業公司，1981年。
42. 羅光，《中國哲學思想史——兩漢、南北朝篇》，臺北：學生書局，1978年初版。

43. 木村泰賢著，歐陽瀚存譯，《原始佛教思想論》，臺北：臺灣商務印書館，1958 年臺一版。
44. 白川靜著，王孝廉譯，《中國神話》，臺北：長安出版社，1983 年初版。
45. 中野美代子著，劉禾山譯，《從中國小說看中國人的思考方式》，臺北：成文出版社，1977 年初版。
46. 中野美代子，《中國の妖怪》，東京：岩波書店， 1984 年。
47. 李維斯陀著，王維蘭譯，《神話與意義》，臺北：時報文化出版事業有限公司，1983 年再版。
48. 李約瑟著，陳立夫主譯，《中國之科學與文明》（二），臺北：臺灣商務印書館，1975 年修訂版。
49. 卡西勒著，劉述先譯，《論人》，臺北：文星書店，1959 年。
50. The Metamorphoses, Ovid，臺北：雙葉書店，1973 年。

三、

1. 丁敏，《佛家地獄說之研究》，政治大學中國文學研究所碩士論文，1984 年。
2. 江寶釵，《論早期文學中之生命不滅觀》，師範大學國文研究所碩士論文，1984 年。
3. 李豐楙，《魏晉南北朝文士與道教之關係》，政治大學中國文學研究所博士論文，1984 年。
4. 呂清泉，《魏晉志怪小說與古代神話關係之研究》，臺灣大學中國文學研究所碩士論文，1984 年。
5. 吳彰裕，《歷代興業帝王政治謎思之研究》，中山大學中山學術研究所碩士論文，1985 年。
6. 林景蘇，《中國古代神話中人神關係之研究》，高雄師範大學國文研究所碩士論文，1986 年。
7. 金善子，《中國古代神話的悲劇英雄》，臺灣大學中國文學研究所碩士論文，1984 年。
8. 莊耀郎，《原氣》，師範大學國文研究所碩士論文，1984 年。
9. 劉靜貞，《宋人的果報觀念》，臺灣大學中國文學研究所碩士論文，1983 年。
10. 鄭毓瑜，《六朝文氣論探究》，臺灣大學中國文學研究所碩士論文，1984 年。

四、

1. 王孝廉，〈死與再生——原型回歸的神話主題與古代時間信仰〉，《古典文學》第七集，臺北：臺灣學生書局，1985 年。
2. 沈雁冰，〈中國神話研究〉，《小說月報》第 16 卷 1 號，1925 年 1 月。
3. 李杜，〈中國古代宗教思想之研究〉，《新亞學術年刊》第十期，1968 年 8 月。
4. 李豐楙，〈六朝精怪傳說與道教法術思想〉，收錄於《中國古典小說研究專集》(3)，臺北：聯經出版事業公司，1981 年。
5. 李豐楙，〈不死的探求——從變化神話到神仙變化傳說〉，《中外文學》第十五卷第五期，1986 年 10 月。
6. 余英時，〈中國古代死後世界觀的演變〉，《中國思想傳統的現代詮釋》，臺北：聯經出版事業公司，1987 年。
7. 吳宏一，〈六朝鬼神怪異小說與時代背景的關係〉，收錄於《中國古典文學研究叢刊》小說之部（一），臺北：巨流圖書公司，1977 年。
8. 林衡立，〈神話象徵之離題表現〉，《中央研究院民族學研究所集刊》第 18 期，1984 年。
9. 林富士，〈略論漢代的巫〉，《臺大研究生復刊》第二期，1986 年 4 月。
10. 柯慶明，〈論悲劇英雄〉，《境界的探求》，臺北：聯經出版事業公司，1977 年增訂版。
11. 施芳雅，〈西王母故事的衍變〉，收錄於《中國古典小說研究專集》(1)，臺北：聯經出版事業公司，1979 年初版。
12. 徐炳昶、蘇秉琦，〈試論傳說材料的整理與傳說時代的研究〉，收錄於《中國上古史論文選集》，臺北：華世出版社，1979 年。
13. 梁啓超，〈陰陽五行說之來歷〉，收錄於顧頡剛編《古史辨》第五冊，上海：上海古籍出版社，1982 年。
14. 陳槃，〈戰國秦漢間方士考論〉，《中央研究院歷史語言研究所集刊》第 17 本，1948 年。
15. 張光直，〈商周神話與美術中所見人與動物關係之研究〉，《中國青銅時代》，臺北：聯經出版事業公司，1983 年。
16. 張光直，〈商周神話之分類〉，《中國青銅時代》，臺北：聯經出版事業公司，1983 年。
17. 張亨，〈莊子哲學神話思想——道家思想溯源〉，《思文之際論集：儒道思想的現代詮釋》，臺北：允晨文化實業股份有限公司，1997 年。
18. 量齋，〈地獄觀念在中國小說中的運用和改變〉，《純文學》第 9 卷第 5 期，1971 年 5 月。
19. 勞榦，〈漢代的亭制〉，《勞榦學術論文集》，臺北：藝文印書館，1976 年初版。

20. 葉慶炳，〈有關太平廣記的幾個問題〉，《古典小說論評》，臺北：幼獅文化事業公司，1985 年。
21. 彭毅，〈《楚辭・遠遊》溯源——中國古代文學裡遊仙思想的形成〉，《楚辭詮微集》，臺北：臺灣學生書局，1999 年。
22. 楊儒賓，〈昇天、變形與不懼水火——論莊子思想與原始宗教相關的三個主題〉，《漢學研究》第 7 卷第 1 期，1989 年 6 月。
23. 董挽華，〈「韓朋賦」的生命交感和悲壯感〉，收錄於《中國古典小說中的愛情》，臺北：時報文化出版事業有限公司，1976 年初版。
24. 臺靜農，〈佛教故實與中國小說〉，《靜農論文集》，臺北：聯經出版事業公司，1989 年。
25. 衛惠林，〈中國古代圖騰制度範疇〉，《中央研究院民族學研究所集刊》第 25 期，1968 年春季。
26. 鄭恆雄，〈神話中的變形：希臘及布農族神話比較〉，《中外文學》第 3 卷第 6 期，1974 年 11 月。
27. 錢穆，〈中國思想史中之鬼神觀〉，《靈魂與心》，臺北：聯經出版事業公司，1976 年。
28. 嚴懋桓，〈魏晉南北朝志怪小說書錄附考證〉，《文學年報》第 6 期，1940 年。
29. 小川環樹作，張桐生譯，〈中國魏晉以後（三世紀以降）的仙鄉故事〉，收錄於《中國古典小說論集》第一輯，臺北：幼獅文化事業公司，1975 年。
30. 前野直彬著，前田一惠譯，〈冥界遊行〉，收錄於《中國古典小說研究專集》（4），臺北：聯經出版事業公司，1982 年。
31. 窪德忠〈道家〉，收錄於宇野精一主編，邱榮鍚譯，《中國思想之研究》（二），臺北：幼獅文化事業有限公司，1977 年。
32. Kenneth J. Dewoskin 著，賴瑞和譯，〈六朝志怪與小說的誕生〉，收錄於《中國文學論著譯叢》小說之部（上冊），臺北：學生書局，1985 年初版。